INS HERZ GEHACKT

MILLIARDÄR LIEBESROMANE

MICHELLE L.

INHALT

Klappentext	v
Kapitel 1	1
Kapitel 2	13
Kapitel 3	24
Kapitel 4	35
Kapitel 5	48
Kapitel 6	58
Kapitel 7	69
Kapitel 8	87
Kapitel 9	98
Kapitel 10	113
Kapitel 11	122
Kapitel 12	137

Veröffentlicht in Deutschland:

Von: Michelle L.

© Copyright 2021

ISBN: 978-1-64808-873-5

ALLE RECHTE VORBEHALTEN. Kein Teil dieser Publikation darf ohne der ausdrücklichen schriftlichen, datierten und unterzeichneten Genehmigung des Autors in irgendeiner Form, elektronisch oder mechanisch, einschließlich Fotokopien, Aufzeichnungen oder durch Informationsspeicherungen oder Wiederherstellungssysteme reproduziert oder übertragen werden. storage or retrieval system without express written, dated and signed permission from the author

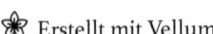 Erstellt mit Vellum

KLAPPENTEXT

Ich bin ein Genie. Ich habe gerade eine Milliarde Dollar aus den Bitcoin-Depots von drei Milliardären geklaut. Ich habe mich dabei so versteckt, dass es aussah als hätte ich mich von den Servern der beiden jeweils anderen eingeloggt. Hinterher werden sie sich alle gegenseitig beschuldigen und sich bekriegen wegen einer Summe, die für sie nur ein Tropfen auf den heißen Stein ist.

Den fünfzigtausend Amerikanern, deren Leben ich retten werde, bedeutet dieses Geld alles. Und wenn ich dabei ein paar reiche Drecksskerle ein bisschen ärgern kann, umso besser.

Nun ist allerdings einer dieser Drecksskerle, der heimliche Unternehmer Drake Steele, mir heiß auf der

Spur. Wie heiß, merke ich allerdings erst, als ich den ersten Blick auf ihn werfen kann. Unsere erste Konfrontation macht es klar: Er ist gefährlich ablenkend. Aber kann ich es mir erlauben, ihm so nah zu kommen?

Jemand hat mir gerade grob eine Drittelmilliarde Dollar in Bitcoin gestohlen. Nicht all meine Depots wurden getroffen – nicht einmal ein Zehntel meines Geldes ist weg –, aber es ist genügend, um meine Aufmerksamkeit auf sich zu ziehen. Alle Zeichen zeigen auf Dr. Yoshida, Oyabun der örtlichen Yakuza hier in Seattle. Naja, ich bin kein Fan davon, mich mit den Yakuza anzulegen, aber niemand bestiehlt mich.

Gerade als mir klar wird, dass die Fährte, die zu Dr. Yoshida führt, absichtlich von einem anderen Gangster gelegt worden sein kann, erscheint ein weiterer Gangster, Don Rocco, vor meiner Tür und verlangt seine Drittelmilliarde Dollar zurück. Natürlich liegt er mit seiner Anschuldigung falsch, so wie ich fälschlich zu Dr. Yoshida geführt wurde.

Ich habe diesen Film allerdings schon gesehen – *Für eine Handvoll Dollar*. Wir werden alle an der Nase herumgeführt und ich muss herausfinden von wem, bevor ich von einem wütenden Gangster abgeknallt werde.

Aber ein Blick in die großen, braunen Augen der schlauen Diebin genügte, um meine Prioritäten zu verschieben. Nicht nur weil sie es für einen guten Zweck getan hat. Einfach wegen ... ihr.

Das ist einmal eine ausgefallene Art, eine Frau kennen zu lernen, vor allem weil wir nun damit zu tun haben, einen fehlgeleiteten Gangster abzuwehren. Aber all das ist es wert – wenn ich nur sie bekommen kann.

1

Robin

Ich kann schon wieder nicht schlafen. Zu viel Weinen draußen. Und diesmal sind es Kinder, das macht es noch viel schlimmer.

Ich schaue von meinem Computerschreibtisch in Wandlänge herüber zum Fenster, wo das Geräusch durchsickert. Das Drama auf der anderen Straßenseite begann vor zwei Stunden und hört nicht auf. Ich bin nicht wütend auf die elende Familie, die den Lärm veranstaltet, sie können nichts dafür.

Ich bin wütend auf denjenigen, der sie elend macht.

Dieser Bastard Tom Link ist genau wie mein Onkel. Die armen Mieter.

Nachdem ich von den ganzen Slumlords in diesem Viertel gehört hatte, habe ich entschieden etwas dagegen zu unternehmen. Ich begann, die Gebäude in der Umgebung zu kaufen, zu renovieren und sicherzugehen, dass die Miete fair ist, es heißes Wasser gibt und das Licht nicht jedes Mal flackert, wenn jemand einen Heizofen benutzt. Ich stelle einen Langzeitmieter als Hausmeister an und mit der Zeit wird aus einem erbärmlichen Haus ein ordentliches.

Bis zu meinem Nachbarhaus bin ich allerdings noch nicht gekommen. Der Besitzer will zu viel für das Gebäude. Ich muss einen Weg finden ihn so zur Verzweiflung zu bringen, dass er den Preis senkt. Ich will nicht, dass er hinterher mit einem kleinen Vermögen davonkommt, wenn er eigentlich in Ketten abgeführt werden sollte.

Es wird nicht so schwierig sein – wie die meisten Männer, die so reich wie Thomas Link sind, muss er Leichen im Keller haben. Und ich weiß, dass ich die Kellertür weit aufreißen kann. Ich braue nur etwas richtig Fettes – ausstehende Haftbefehle, Steuerhinterziehung.

Meine Finger beginnen über die Tastatur zu tanzen, während ich auf meinen Bildschirm starre. Um mich herum ist meine Wohnung schummrig und gemütlich; Doppelverglasung, Extraisolierung und Zentralheizung waren einige der vielen Verbesserungen, die ich an diesem Gebäude gemacht habe.

Ich erinnere mich noch daran, wie es sich anfühlt,

in einem Pappkarton zu schlafen. Wenn ich heute die Heizung auf 24 Grad stelle, fühle ich mich, als würde ich übertreiben.

Aber genau das verdient jeder. Und ich versuche, dass jeder es bekommt – auf Kosten derer, die so reich sind, dass sie das Geld nie vermissen werden. Jedes Jahr komme ich ein Stückchen weiter damit voran, diese dunkle, bröckelnde Ecke von South Park, Seattle, zu einem besseren Ort zum Leben zu machen.

Ich werde etwas finden, um Link zu brechen, und dann auch das Gebäude renovieren.

Wenn Tom Links öffentliches Gesicht schon abartig ist, ist es ziemlich wahrscheinlich, dass es im Privaten noch fünf Mal schlimmer ist. *Besorge die richtigen Informationen über die richtigen Personen, und er wird dich um Bares anbetteln, um sich vor Gericht zu verteidigen.* Ich lächele meinen Bildschirm frostig an, während ich tippe.

Link weigert sich auch nur einen Cent auszugeben, um die Gebäudeinfrastruktur zu verbessern, auch wenn er von der Stadt verpflichtet wird. Momentan funktioniert ihre „Gratisheizung", einige alte Heizkörper, die ich normalerweise bis in mein Schlafzimmer rattern höre, nicht.

Was bedeutet, dass ein ganzes Gebäude voller Mieter gerade um ein paar Heizstrahler versammelt ist, in Decken gewickelt in dem verzweifelten Versuch sich gegen die heftige Kältewelle zu wappnen. Und einige von ihnen leiden Hunger. *Der Arsch. Das muss ihm klar sein – es ist ihm nur egal.*

Niemals im Leben werde ich Menschen verstehen, denen Sachen einfach egal sind.

Und deshalb werde ich ihn bestrafen – und einige seiner Ressourcen stehlen, um zu beginnen das Problem zu lösen. *Allen ein Hotelzimmer buchen? Allen Daunendecken und Niedrigverbrauch-Heizöfen kaufen? Irgendetwas fällt mir schon ein, das tut es immer.*

Als ich ein kleines Mädchen war und Mama und Papa noch lebten, schickten sie uns mit dem Fahrer in die schlimmsten Viertel von D.C. und Baltimore. Sie wollten mir die Probleme der Armen zeigen und wie man eine helfende Hand sein kann. Das hat mich Dankbarkeit für das gelehrt, was ich hatte, und Sympathie für diejenigen, die nichts hatten.

Und als ich nichts hatte, nicht einmal meine Eltern, wurden mir die ärmeren Menschen sogar noch sympathischer. Nicht nur das. Dank dessen, was meine restliche „Familie" getan hat, begann ich, reiche Ausbeuter und den Schaden, den sie auf der Welt anrichten, zu hassen.

Eine Familie dort draußen hat heute kein Abendessen. Der Vater ist wütend und bekümmert. Die Mutter weint vor Scham.

Ich werde ihnen etwas schicken. Aber wie finde ich heraus, in welcher Wohnung sie leben?

Es ist Januar – tiefster Winter. Nach den Feiertagen sind die Tafeln eine Zeitlang leergeräumt und alle sind mit ihren Rechnungen im Rückstand. Somit hungern kleine Kinder in der ganzen Stadt und ihren Eltern wird zum Vorwurf gemacht, nicht reicher zu sein.

Zur Hölle damit. Alle hier brauchen Hilfe.

Ich bestelle Pizza, Hähnchenflügel, Saft und heißen Kaffee für das ganze Gebäude auf Rechnung des Vermieters. Dann mache ich mir einen Tee und setze mich, um zu brainstormen, was ich sonst noch für sie tun kann, bevor ich das Gebäude endlich kaufen kann.

Mitgefühl ist eine schwere Last – aber ich trage sie lieber, als so ein Stück Scheiße wie Link zu sein.

Eine halbe Stunde nachdem ich die riesige Bestellung gemacht habe, gehe ich zum Fenster, warte und lausche. Plötzlich höre ich überraschte Rufe und das Weinen verstummt. Alle Lichter des Gebäudes sind nun an. Ein Blick die Straße herunter zeigt, dass mindestens zwei Lieferwagen an der Mündung stehen.

Das Elend ist verschwunden, ersetzt durch zufriedene Stille, da die kleinen Bäuchlein nun gefüllt sind. Noch eine Weile lang, selbst mitten im ober-trostlosen Winter, fühle ich mich tatsächlich ganz in Ordnung.

Das ist eine meiner Grundregeln im Leben. Wenn

du willst, dass die Welt ein besserer Ort wird, geh raus und mach etwas dafür. Wenn das Gesetz dich nicht lässt, finde eine Lösung. Brich das Gesetz, stehle von den Reichen, rette ein Leben. Rette fünfzig.

Immer, wenn ich jemandem mit dem Geld helfe, das irgendein reicher Typ nicht vermissen wird, weiß ich, dass ich auf dem richtigen Weg bin, denn hinterher kann ich schlafen. Am nächsten Morgen scheint die Welt eine Weile lang ein bisschen weniger beschissen und ich kann ein bisschen besser mit mir leben.

Geld allein könnte das niemals für mich erreichen. Meine Eltern wussten das und ich auch.

Die Einsamkeit? Das ist etwas ganz anderes. Ich habe viel Zeit alleine verbracht, auch als ich nicht mehr auf der Straße lebte. Irgendetwas davon, ein Straßenkind zu sein, macht es schwer, eine Verbindung mit Menschen herzustellen, wenn man irgendwann wieder die Möglichkeit dazu hat.

Das ist meine Beziehung zu Menschen. Ich passe auf sie auf. Ich freunde mich nicht mit ihnen an.

Ich höre Gespräche und Lachen über die Straße schallen. Irgendjemand hört leise klassischen Rock. Ein Kind kichert.

Ich stoße einen leisen Seufzer der Erleichterung aus und lehne mich in meinem Schreibtischstuhl zurück, der etwas steif knackt. Ich bin immer noch nicht im Geringsten schläfrig und meine Augen wandern zu einem Ordner am oberen Rand meines Computer-Desktops.

Ich fühle immer noch die Kälte in meinem Magen, die mir bestätigt, dass ich noch etwas aufgewühlt bin und selbst wenn ich schlafen könnte, ich mich wahrscheinlich nicht ausruhen würde. Ich würde die restliche Nacht damit verbringen, den Winter noch einmal zu durchleben, den ich auf den Straßen von Baltimore verbracht habe, mit der Orgelmusik der Doppelbeerdigung meiner Eltern im Hintergrund.

Der Ordner heißt "Für eine Handvoll Bitcoins", was auf einen meiner Lieblingsfilme und die Währung, um die es bei dem Raub geht, anspielt. Der Plan wäre die größte, gewagteste und lebensrettendste Aktion, die ich jemals durchgezogen habe ... falls ich sie durchziehe.

Ich habe eine Datenbank von zwanzigtausend Menschen im Großraum Seattle, deren Leben mit einem unerwarteten Geschenk von nur fünfzigtausend Dollar komplett gewendet werden könnten. Arztrechnungen, Studienkredite, Hypotheken, Kreditkarten, Strafzettel, Obdachlosigkeit – jeder von ihnen kämpft mit etwas. Ich kann ihnen allen helfen – solange ich bereit bin das Risiko auf mich zu nehmen, mir ein paar wirklich gefährliche Feinde zu machen.

Wenn ich es wirklich mache, wird alles mit einem

riesigen Diebstahl von drei Zielscheiben, die es sehr verdienen, beginnen. Bitcoin. Ich habe diese Währung ausgewählt, weil ich mittlerweile alle meine Transaktionen darin durchführe und mich somit ausgezeichnet damit auskenne – und weil die meisten meiner Ziele nicht einmal wissen, ob sie viel davon besitzen.

Bezüglich des Ziels, was sich auskennt ... seine IT-Sicherheit ist gut, aber nicht so gut, wie er denkt.

Es gibt acht „traditionelle" Milliardäre im Großraum Seattle: berühmte, gut bekannte Kapitäne der Industrie. Es gibt drei Bitcoin-Milliardäre, die ihr Vermögen vor Kurzem aufgebaut haben, indem sie in Bitcoin-Cryptowährung investierten, bevor ihr Wert enorm stieg. Zwei dieser Männer könnten wahrscheinlich die meisten der anderen aufkaufen, allerdings nur, weil sie jeweils einen Teil der örtlichen Unterwelt beherrschen.

Jeder Einzelne von ihnen ist – wie mein Onkel, wie Link, wie so viele Andere – ein unethisches, lügnerisches, geldgieriges Stück Dreck. Sie haben sich von so vielen Strafanzeigen und Bußgeldern freigekauft, dass ich allein den Gedanken daran hasse. Sogar Drake Steele, einer der Bitcoin-Milliardäre, der in lokale Kleinunternehmen investiert, hat seit einem Jahrzehnt Geldwäsche im großen Stil für einen gewissen *Jemand* betrieben.

Drake ist die zweite Zielscheibe, die ich für meinen Raub ausgesucht habe. Er ist einer von drei wahrscheinlich kriminellen Männern, die mit ziemlicher Sicherheit Gebietsstreitigkeiten miteinander haben und höchstwahrscheinlich sich gegenseitig für den Diebstahl beschuldigen werden, während ich mich mit der Beute davonmache. Während sie streiten, kann ich mich darauf konzentrieren, dass das Geld ohne viel Aufsehen dahin gesendet wird, wo es am meisten hilft. Der ganze Plan beruht darauf, dass sie sich gegenseitig für den Diebstahl beschuldigen werden.

Jeder von ihnen hat vernünftige IT-Sicherheit für ihre Bitcoin- und anderen Online-Depots. Steele's Sicherheit hat mir ein paar Probleme bereitet, aber ich habe bereits mehrfach kleinere Beträge verschwinden lassen. Diesmal wird es einfach ein größerer Happen – und genau wie der Mensch ohne Namen, werde ich es so biegen, dass die Bösen sich gegenseitig für die Probleme beschuldigen, die ich mache. Vielleicht bringen sie sich sogar gegenseitig um.

Solche Cyber-Hacks sind meine Spezialität: das langsame, subtile Abfließen von Ressourcen; der große, aufsehenerregende Griff in die digitale Geldbörse, für den jemand anderes beschuldigt wird. Ich könnte mittlerweile selbst Milliardärin sein, wenn ich selbstsüchtig genug wäre, um das Geld zu behalten.

Aber so bin ich nicht. Meine Vermögensverteilung

ist nichts anderes als ein öffentlicher Dienst – und übersteigt häufig nicht Größenordnungen, die Milliardäre als zu vernachlässigen bezeichnen würden.

Sie sind auch nicht meine einzigen Zielscheiben. Haufenweise Veruntreuer mussten ansehen, wie ihr Geld einfach verschwand, während eine arme Großmutter ein neues Dach bekommt.

Ich schnaufte und öffne die Akte über Steele. Drake Steele, um Jahrzehnte der Jüngste der drei, stammt aus mysteriösen Verhältnissen und hat keine bekannten Angehörigen. Er bevorzugt es, Gründerzentren zu finanzieren, anstatt Steuern zu zahlen – was weitaus besser ist, als gar nicht zu zahlen.

Außerdem: heiß. Abartig, ablenkend heiß.

Ich wechsele zu seinem Fotoordner und sättige mich an seinen Bildern. *Wieder.* Diesen Mann will ich um fünfzigtausend Bitcoin erleichtern – was Hunderten von Millionen Dollar entspricht.

Ich weiß nichts über Intimität mit Männern, aber ich weiß, dass ich mich vor denen in Acht nehmen muss, von denen ich den Blick nicht abwenden kann. Ich könnte Drake Steele minutenlang anstarren und mich dabei fragen, wie er unter diesem schönen Anzug aussieht – nur mit einem Foto. Eine solche Anziehungskraft beunruhigt mich.

Ich muss sichergehen, dass wir uns niemals treffen werden.

Trotzdem, ein solcher Mann bringt mich schon ein bisschen zum Träumen. Groß und muskulös, mit den scharfen, aristokratischen Gesichtszügen einer römischen Statue, blasse Haut, welliges mahagonifarbenes Haar, das ihm bis zum Kiefer reicht, und eisgraue Augen. *Was für eine Verschwendung.*

Ich ertappe mich beim Gähnen und seufze vor Erleichterung, stehe vom Schreibtisch auf und räkele mich. Vielleicht bin ich nun entspannt genug von den Erfolgen des Abends, um ein richtiges Schläfchen zu machen.

Ich bevorzuge es, den Sonnenaufgang zu verschlafen. Irgendetwas daran, die Morgendämmerung allein zu erleben, ist einzigartig deprimierend, auch wenn ich es getan habe, seit ich zehn Jahre alt war.

Ich bereite immer noch die letzten Details für dieses Projekt vor. Noch habe ich Zeit zu entscheiden, ob ich es wirklich durchziehe. Ein langsames, aber stetiges Ausbluten ihrer Konten wäre sicherer, aber ich bin hin- und hergerissen.

Es gibt so viele Menschen in dieser Stadt, die Hilfe brauchen, und sie brauchen sie bald.

Ich werde eine Nacht darüber schlafen, denke ich, als ich meinen Pulli ausziehe und in einer Yogahose und einem schwarzen Top zu meinem Bett herüberwandere. Ich schüttele mir das Haar von den Schultern und binde es mit einem schlichten Haargummi zusammen, bevor ich ins Bett steige.

Komischerweise ist das Letzte in meinem Kopf, bevor ich einschlafe, Steeles schönes Gesicht und kalten Augen. Ich möchte ihn fragen, wann ihm die Menschen egal geworden sind, aber noch während ich einschlafe, erinnere ich mich daran, welche Regeln ich aufgestellt habe.

Wir dürfen uns niemals treffen.

2

Drake

Ich sollte mittlerweile wissen, dass ich während des Frühstücks nicht durch die Nachrichten gehen sollte. Es sind immer die deprimierendsten. Und heute Morgen, während ich in der Frühstücksecke in meinem Penthouse sitze, ist da keine Ausnahme.

Mein Bagel mit Räucherlachs, Frischkäse und violetten Tomaten liegt unberührt auf seinem Teller, während ich düster auf den Touchscreen vor mir starre. Es steht auf einem simplen, schwarzen

Ständer fast auf der anderen Seite des Tisches. Um nicht darauf zu krümeln, benutze ich einen extralangen Stift, um durch nicht enden wollende Artikel über Desaster, Verbrechen, Korruption und Menschen nah und fern, die abgezockt wurden, zu gehen.

ICH BLEIBE an einem der Artikel hängen und stoße einen tiefen Seufzer aus, bevor ich einen Schluck Orangensaft herunterzwinge und den Artikel überfliege. *Jedes Mal, wenn ich von diesem verdammten Feuer in South Park lese, wird die Situation noch beschissener.*

DIE TRAGÖDIE ERSCHIEN in den Nachrichten in einer eisigen Nacht vor drei Tagen. Es gibt eine ganze Reihe von Schlagzeilen, die die Geschichte ganz gut zusammenfassen:

ELEKTRISCH AUSGELÖSTES FEUER in South Park hinterlässt drei Tote und Dutzende obdachlos
    Zahl der Todesopfer des Feuers in South Park steigt auf fünf
    Elektrisches System überlastet als Mieter Heizstrahler benutzen mussten

Vermieter im Visier wegen ungeheizten Gebäudes

Feuerwehr entdeckt ausgeschaltete Sprinkleranlage und kaputte Feuerlöscher

Selbst-bezeichneter „sparsamer" Slumlord aus South Park mehrerer Verstöße beschuldigt

Slumlord aus South Park könnte wegen widerrechtlicher Tötung angeklagt werden

Die Liste ist noch nicht mal vollständig und ich habe bereits Kopfschmerzen. Ich schaue vom Bildschirm auf, konzentriere mich auf mein Frühstück und zwinge meine Augen in Richtung Fenster, während ich meinen Bagel in die Hand nehme und hineinbeiße wie in einen großen Burger. Die Geschmacksexplosion in meinem Mund reißt mich etwas aus meinem Trübsinn, ich grummle vor Zufriedenheit und nicke kaum merklich.

Die Miseren der Welt können warten, bis ich einen vollen Magen und einen klaren Kopf habe.

Die Aussicht erinnert mich an den Nordosten oder vielleicht sogar Zuhause: weiße Dächer, Immergrüne unter Schnee, die dunkle Hügel voller kahler Bäume bedecken, Schneeschieber piepen, während sie den Dreck die Straße hinunter in Haufen am Straßenrand zusammenschieben. Hin und wieder höre ich das Quietschen-Hupen-Knallen eines Auffahrunfalls, wenn Reifen auf Eisflächen die Kontrolle verlieren.

Dieser Winter ist brutal. Nach zwei merkwürdig milden Februaren hintereinander, brechen wir nun Rekorde in die andere Richtung.

Weshalb alle ihre elektrischen Heizstrahler auf Höchstleistung hatten in diesem Mehrfamilienhaus. Keine Zentralheizung. Sie versuchten nur sich warm zu halten in einem veralteten Drecksghaufen, dessen elektrische Leitungen wahrscheinlich seit den Fünfzigern nicht mehr renoviert worden waren.

Ich zucke zusammen, zwinge mich dazu, noch einmal in meinen Bagel zu beißen und kaue ärgerlich. Ich kann es mir nicht leisten, mich mit den Problemen anderer Leute zu beschäftigen. Meine Familie hat mich immer damit aufgezogen, dass ich ein zu weiches Herz habe.

· · ·

Und sie lagen nicht ganz falsch – ungeplante, emotionale Entscheidungen bringen nichts als Probleme. Ich habe meine eigene Arbeitsweise für das Gemeinwohl, und sie beinhaltet nicht, jede verzweifelte Person, die mir über den Weg läuft, mit wehenden Fahnen zu retten. Wenn sie einen Plan haben, wie sie aus der Armut aufsteigen wollen, helfe ich ihnen ohne Frage, aber ich bin kein Held.

Ich esse meinen Bagel auf, trinke meinen Collagen-Drink und die Hälfte meines Orangensafts, bevor ich mir wieder erlaube auf den Flachbildschirm zu schauen. Die neuste Schlagzeile lässt mich eine Augenbraue hochziehen; der neuste Post ist nur eine Stunde alt.

Spendenseite **für die Opfer des Feuers in South Park sammelt 25.000$ in drei Tagen**
 Familien der Opfer klagen Slumlord aus South Park wegen rechtswidriger Tötung an
 Slumlord aus South Park greift Feuerwehrhauptmann während Anhörung an und wird festgenommen

. . .

Ich lehne mich mit einem winzigen Lächeln der Erleichterung im Gesicht zurück. *Gut. Ein kleines Happy End. Diese Leute brauchen meine Hilfe nicht mehr – jemand anders hat sich darum gekümmert.*

Während ich den Rest meines Orangensafts austrinke, klingelt plötzlich mein Telefon. Als mir klar wird, dass das die Rezeption ist, versteife ich mich etwas. Ich erwarte in den nächsten Stunden keinen Besuch.

Ich hebe ab und verbinde den Anruf. "Ich hoffe, es geht um etwas Wichtiges, Grayson", knurre ich den Sicherheitsmann des Gebäudes an.

„Es tut mir leid, Sir", antwortet er mit leicht angespannter Stimme, „aber Frau Siddiq und Herr Castleton sind hier, um Sie zu sehen. Sie sagen, es sei dringend."

Ich ziehe die Augenbrauen hoch. Meine IT-Direktorin und mein Sicherheitsdirektor stehen gemeinsam wegen eines Notfalls vor der Tür? *Das ist ein sehr schlechtes Zeichen.* „Lassen Sie sie sofort rein."

Während ich den Frühstücksbereich verlasse, rolle ich mir die Hemdsärmel bis zu den Ellbogen hoch und schüttle einige Krümel von meiner Weste. Was auch immer los ist, ich werde es in den Griff bekommen. Ich habe noch nie eine Herausforderung nicht in den Griff bekommen.

Zwanzig Minuten später bin ich jedoch mit etwas konfrontiert, was mich weitaus persönlicher trifft, als ein Gebäudebrand in einem schlechten Viertel der Stadt. „Wie viel haben sie geraubt?"

Laura Siddiq, eine kleine Frau, deren rundes Gesicht, große braune Augen und nervöse Bewegungen mich an ein Eichhörnchen erinnern, kümmert sich um meine IT, seit ich vor fünf Jahren ein Vermögen gemacht habe. Sie ist auch für Sicherheit und Wartung meiner Bitcoin-Depots und Bitcoin-Konten verantwortlich, weshalb die Panik ihr ins Gesicht geschrieben steht.

. . .

John Castleton hingegen sieht etwas frustriert aus, was ich durchaus verstehen kann. Er ist für die physische Sicherheit meines Heims, Unternehmens und Vermögens zuständig, weshalb er in dieser Situation nicht viel ausrichten kann. Er ist ein gepflegter Berg von einem Mann, mit einem rasierten Schädel, der wie Ebenholz glänzt, und einer Spannung wie eine Springfeder, wie ein angespannter Panther.

„Insgesamt fünfundzwanzigtausend Bitcoin", seufzt Laura nervös, während sich ihre Finger in ihrem Schoß verknoten.

Das ist eine verdammte Drittelmillion Dollar. Die kalte Gewissheit des Diebstahls verhärtet sich wie ein Stein in meinem Magen – und als er aufschlägt, kommt Ärger auf.

Es ist noch nicht einmal ein Zehntel meiner liquiden Assets. Nur ein Happen. Aber es ist das erste Mal, dass es jemand gewagt hat mich zu bestehlen, und ich bin plötzlich bereit jemandem in den Arsch zu treten.

· · ·

"Irgendwelche Spuren?", fahre ich mit steinerner Stimme fort und Laura zuckt leicht zusammen ... dann blinzelt sie und entspannt sich etwas, als hätte sie erwartet, dass ich sie sofort feuere.

„Naja, wer auch immer es war, ist brillant. Du weißt, wie gut unsere Cyber-Sicherheit ist – wir haben sie zusammen aufgebaut. Aber diese Person hat sich hineingeschlichen wie ein Geist durch eine Wand. Es gibt nicht einmal Spuren des Eindringens ins System." Sie entspannt sich etwas, als sie sieht, wie ich mich etwas beruhige.

„Wie zur Hölle ist jemand durch all unsere harte Arbeit gekommen, als wäre es nicht der Rede wert?" Es verletzt meinen Stolz, dass es anscheinend dort draußen einen besseren Hacker als mich gibt. Allerdings bin ich vor Jahren aus dem Spiel ausgestiegen, außer um meine eigenen Systeme mit Lauras Hilfe zu beschützen.

„Ich habe keine Ahnung. Die Hälfte unseres Teams ist auf der Suche nach der Sicherheitslücke, während der Rest versucht Transaktionsbestätigungen der geklauten Bitcoins in der Blockchain zu finden. Wenn wir herausfinden, wo das Geld hingeflossen ist und es durch die Block-Aufzeichnungen verfolgen, wird uns das dabei helfen herauszufinden, wer es geklaut hat."

„Äh", sagt John und lehnt sich nach vorne, „tut mir leid, dass ich nur Bahnhof verstehe, aber könnte das jemand für mich übersetzen?"

Ich nicke kurz. „Bitcoin hat eine dezentralisierte Datenbank, die Blockchain heißt und alle Transaktionen eines jeden Bitcoins dokumentiert. Das macht die Bitcoins leichter zu verfolgen und schwerer zu fälschen."

Das scheint ihn zu interessieren. „Also müssen wir einfach nur nachverfolgen, wer sie als nächstes benutzt?"

„Theoretisch", sagt Laura ehrlicherweise. „Es gibt immer Möglichkeiten, die Blockchain zu umgehen, und Bitcoins können in andere Währungen umgetauscht werden. Wenn das passiert, wird die Nachverfolgung problematisch."

„Aber nicht unmöglich", antwortet John.

„Nein", antworte ich im selben unnachgiebigen Ton, „absolut nicht unmöglich – nicht für uns."

Ich schaue die beiden an. „Der Deal ist folgender: Ich möchte, dass ihr herausfindet, wo mein Geld hin ist und wer es genommen hat. John, sobald wir herausfinden, wer dahintersteckt, bringst du mir die Person, damit er und ich eine kleine Unterhaltung führen können."

Beide nicken und ich stehe auf, um sie herauszuführen. "Los geht's."

Jemand wird hierfür bezahlen.

3

Robin

Es ist drei Tage her, seit ich zuletzt geschlafen habe. Drei Tage, seit Schreie mich aufweckten und ich das Nachbarhaus in Flammen sah. Es war schlimmer, als ich vermutet hatte – keine Sprinkleranlage, und die Wände voll von getrocknetem Dreck. Das Haus brannte wie eine Fackel.

Jetzt ist da also kein Gebäude mehr, das ich kaufen könnte.

Meine Mieter und ich befreiten bereits Menschen aus dem rauchenden Chaos, aber die Feuerwehr war immer noch nicht da. Ich öffnete meine Lobby, damit alle einen warmen Aufenthaltsort hatten während wir auf die Krankenwagen warteten. Ich buchte Hotels für die Menschen, die nicht wussten, wohin sie nun sollten, und bezahlte wieder mit dem gestohlenen Geld von Links Konten.

Denn scheiß auf ihn – das alles ist seine Schuld. Außer ... außer, dass ich ihm einfach das hätte geben können, was er wollte. Diese Entscheidung, die ich getroffen habe – um sicherzugehen, dass er nicht zu viel Profit mit dem Verkauf des Gebäudes macht, anstatt mich um die Sicherheit seiner Mieter zu kümmern – wird mich für den Rest meines Lebens verfolgen.

Den restlichen Tag habe ich damit verbracht, so viele Menschen wie möglich aus dem abgebrannten Gebäude in leerstehende Wohnungen in meinen Immobilien umzusiedeln. Außerdem habe ich Unterstützung für die Betroffenen und Versicherungszahlungen eingefordert, um die Schuldgefühle und den Schrecken unter Kontrolle zu halten. Diese Menschen brauchten Hilfe, und ich würde für sie da sein.

Dann erfuhr ich von den Toten.

Ich hätte dem Arsch einfach das geben sollen, was er wollte, und das Haus sofort übernehmen sollen.

Seitdem bin ich ein Wrack. Ich arbeite mich kaputt – zu viel Arbeit, zu wenig Schlaf, Essen oder Pause vom Keyboard. Ich weiß, dass ich besessen bin und dass das schlecht für mich ist. Aber ich kann nicht aufhören.

In diesem Zustand war ich, als ich heute vor dem

Morgengrauen die Aktion schließlich für eine Handvoll Bitcoins startete. Ich war viel zu unkonzentriert und emotional.

So fühle ich mich immer noch, sogar, nachdem ich den ganzen Tag an der Mission gearbeitet habe. Aber als ich begann, war ich vollkommen verstört.

Ich dachte definitiv nicht an die Gefahr für mich. Das tue ich immer noch nicht. Aber während ich auf dem Schreibtischstuhl vor meinem Hauptbildschirm eindöse, werde ich das dumpfe Gefühl nicht los, dass ich mit diesem Raub möglicherweise mehr Probleme als Lösungen geschaffen habe.

Es ist verrückt. Ich habe Wochen damit verbracht jeden Winkel dieses Plans abzuchecken und jede Schwachstelle zu durchdenken – aber mein Bauch ignoriert das. Mein Instinkt ist an eine Welt gewöhnt, in der unfairer Horror, Tragödien und Verrat in jedem Moment über dich hereinbrechen können. Ich vertraue Erfolg einfach nicht.

Ich habe bereits damit begonnen einige notwendige Dinge für die Menschen auf meiner Liste zu kaufen. Jetzt wird es Zeit, dass die Leute ihr Geld bekommen und ihre Schulden getilgt werden – bevor die Jagd auf mich überhaupt beginnen kann. Ich hoffe immer noch, dass jede potenzielle Jagd auf mich erfolglos bleibt und alle drei Männer stattdessen zu falschen Schlussfolgerungen – über einander – gelangen.

Falls sie mich finden, wird es bereits zu spät sein. Sie werden diesen unschuldigen Menschen beim Überleben helfen, ob sie wollen oder nicht. Und wenn ich dabei sterbe, sterbe ich.

Vorher muss ich jedoch nachschauen wie die Spendenseite läuft, die ich für meine Nachbarn erstellt habe. Ich logge mich ein und schaue – und zucke mit aufgerissenen Augen auf meinem Stuhl zurück.

Was zum Teufel?

Da ist eine Viertelmillion Dollar auf dem Konto. Heute Morgen waren es dreißigtausend – auch beeindruckend, aber das hier ist unglaublich. Ich schaue schnell auf die Spenderliste und bin danach noch schockierter und verwirrter.

Drake Steele, 200.000 $, gespendet vor einer Stunde.

Nicht. Wahr.

Ein Mann wie er kann es sich leisten 200.000 für ungefähr alles oder nichts auszugeben, einfach so zum Spaß. Ich weiß, dass sowohl das Feuer als auch die Skandale, die ich als Strafe für Leash aufgedeckt hatte, überall in den Nachrichten waren. *Hat sich Steele deshalb wirklich schlecht gefühlt?*

Selbst, wenn es nur Zufall ist, dass er gerade in den Fonds spendet, den ich erstellt habe … Steele unterstützt

Geschäfte, nicht Menschen. Er ist nicht dafür bekannt Geld für etwas anderes als seine Gründerzentren zu spenden, und auch, wenn diese hilfreich sind, sind sie doch vor allem sein Mittel, um weniger Steuern zahlen zu müssen.

Außer natürlich meine Nachforschungen über ihn sind lückenhaft. Fehlerhaft. Habe ich etwas übersehen?

Hat er mich so schnell ertappt, und das ist seine Art mir das mitzuteilen? Oder führt dieser Typ ein Doppelleben, indem er solche Dinge tut, wie meine Eltern sie taten?

Plötzlich ist mir schlecht. Drake Steele begann als Geldwäscher aus „unbekannten Ursachen". Er war ein Dreckskerl mit haufenweise Gerüchten über seine Vergangenheit.

Aber ist er auch *jetzt noch* ein Dreckskerl? Vielleicht ist er nicht besser darin geworden seine Spuren zu verwischen, sondern hat sich *geändert*. Wenn das wahr ist, ist er der einzige Milliardär, den ich je gesehen habe, der es geschafft hat sich zu bessern anstatt mit der Zeit immer korrupter zu werden.

Und wenn das der Fall ist, habe ich ihm möglicherweise einige tödliche Feinde beschafft, die er nicht verdient!

Ich lehne mich in meinem Stuhl zurück und schnaufe leicht, mein Blut ist eiskalt. *Sollte ich ihm eine Warnung schicken?*

Das würde bedeuten, dass ich gegenüber einem meiner Ziele meine Tarnung fallen lasse. Es könnte sogar bedeuten, dass mein ganzer Plan ruiniert ist, wenn er es genügend auf mich abgesehen hat. Aber wenn er nicht der Mann ist, der ich glaubte, dass er es ist, dann habe ich seinen Tod auf dem Gewissen.

Ich habe bereits genügend Tote auf dem Gewissen.

Ich ziehe ein Suchprogramm zu Rate, das heimlich Daten von Spendenseiten über Steeles Aktivitäten sammelt. Wenn er so viel spendet wie hier – selbst, wenn er es unter Varianten seines Namens oder Pseudonymen, die ich schon gefunden habe, tut – wird der Crawler sie finden.

In der Zwischenzeit kann ich die richtige Arbeit beginnen, während ich bete, dass ich meinen Kopf ein bisschen zur Ruhe bringen kann mit etwas mehr Altruismus-Therapie.

Ich habe meine Liste von Menschen in Not zufällig generiert. Ich weiß, dass es massig Zeit in Anspruch nehmen wird alles in den Griff zu bekommen, aber ich muss eine Menge Geld verteilen, und es muss schnell passieren. Ich wünschte, ich hätte Hilfe dabei, aber wie immer arbeite ich alleine.

Der erste Name ist Lois Pinoy. Sie ist eine Krankenschwester, die wegen Sehnenproblemen in den Armen arbeitsunfähig ist, da sie jahrelang Patienten wenden musste, die doppelt so schwer waren wie sie selbst. Verwitwete Mutter von drei Kindern. Ich öffne ein Foto von ihr und schaue in das Gesicht einer schmalen Frau in rosafarbener Krankenschwesternuniform, die müde lächelnd hinter dem kleinen Rollstuhl ihres grinsenden Sohnes steht.

Sie hat sehr sanfte Augen.

„Hey, Lois!" Ich lächele den Bildschirm an und fühle eine gewisse Verbindung, die eine tiefe Leere in mir ein wenig füllt. „Hier kommt die Reichtums-Umverteilungs-Fee und bringt dir eine große Dosis Hoffnung und Hilfe."

Sie benutzt das gleiche Passwort für alles. Das macht es für mich einfach an Orte zu kommen, die ein gefährlicher Hacker schamlos ausnutzen würde. Bankkonten, Kredite, Krankenversicherung. Ich wünschte, ich könnte ihr eine Notiz hinterlassen, dass sie das wirklich nicht tun sollte, aber ich muss mich so unsichtbar wie möglich bewegen.

Sie schuldet der Bank Geld für ihre kleine Hütte, die zudem repariert werden muss. Sie ist tiefrot im Minus ihrer Kreditkarten, und wie es gemäß ihrer Einkäufe aussieht, versucht sie nur sich über Wasser zu halten während sie nicht arbeiten kann. Die Krankenhausschulden ihres Sohnes helfen nicht, er braucht Physiotherapie und Prothesen für die Unterschenkel, die sie nicht finanzieren kann.

Insgesamt benötigt: 128.000 $.

Diese Kredite abzuzahlen und die Prothesen, Anproben und Physiotherapie zu organisieren tun meinem Herzen gut. Ich schaffe es sogar, eine Zeit lang nicht an Steele zu denken.

Früher habe ich versucht einfach in die Systeme der Krankenhäuser und Banken einzudringen und die Zahlen von Menschen in Not zu verändern, doch der Unterschied wurde immer bemerkt und korrigiert. Jetzt hingegen bezahlt jemand tatsächlich die Rechnungen mit echtem Geld. Es ist nur jemand, den man eher nicht erwarten würde.

15 Minuten, nachdem ich mich in ihre Konten gehackt habe, drucke ich ein doppelseitiges Blatt über Lois und was für sie und ihre Familie getan worden ist aus und lösche ihre Daten aus meinem System. Dann setze ich mich an den nächsten Fall.

Michael LaFloret, ein Konsument von Cannabis aus medizinischen Gründen, festgenommen kurz hinter der Bundesstaatgrenze mit einem legal gekauften Gramm. Freigelassen nach Legalisierung, aber sein Polizeiregister bleibt. Findet keinen Job, auch wenn er jetzt in Freiheit ist.

Michael will sein eigenes Unternehmen gründen, doch erst muss er seine Mietschulden loswerden, da sein Vermieter kurz davor ist ihn mitten im Winter auf die Straße zu setzen. Ich bezahle seine Schulden und polstere sein Konto mit 10.000 $ auf, was der maximale Schenkbetrag ist, den er erhalten kann, ohne besteuert zu werden.

Insgesamt benötigt: 14.000 $.

Alles Gute, Michael, und ich hoffe, du bringst deinen Fahrradladen zum Laufen.

Und so geht die Liste weiter. Ich brauche nicht lange, um die finanziellen Probleme einer Person in den Griff zu bekommen, ihre Akte auszudrucken, sie aus meinem System zu löschen und mir den Nächsten zu suchen – wenn ich konzentriert bin. Das ist glücklicherweise nicht allzu schwierig. Wenn überhaupt, dann bin ich eher *zu* konzentriert.

Manche dauern weniger als fünf Minuten. Manche: eine halbe Stunde. Viele der Menschen auf der Liste gehören zu einer größeren Familie, was bedeutet, dass ich zehn auf einen Schlag abhaken kann. Andere sind allein, was die Ursache einiger ihrer Probleme ist.

Ich kann sie verstehen.

Es wird Monate dauern, mich durch die ganze Liste zu arbeiten, selbst wenn ich 12 bis 15 Stunden am Tag damit verbringe. Ich könnte gefasst werden, bevor es fertig ist, oder sogar getötet. Aber ich werde nicht aufgeben, bis es geschafft ist – sie werden mich von meiner Liste und meinem Vorhaben wegschleppen müssen.

Das hier schenkt mir Leben, so, wie es ihnen Leben schenkt. Endlich mache ich einen Unterschied. Bin nicht nur das Wegwerfmädchen meines Onkels. Ich bin wichtig für diese Leute, und was ich tue macht einen Unterschied – auch wenn niemand meinen Namen kennt.

Ich rette hundert Menschen in wenigen Stunden, und dann beginne ich, E-Mails an meine ehemaligen Nachbarn zu versenden über den Erfolg meines Feuer-Fonds. Auch sie müssen ihr Geld und ihre Versorgung erhalten.

Es wird hell draußen und mein Kopf pocht, als ich mich endlich zurücklehne und herzhaft gähne. Ich glaube, ich werde tatsächlich etwas schlafen können. Aber als ich zum Ordner in der Ecke meines Bildschirms aufschaue weiß ich, dass ich zuerst etwas nachschauen muss.

Als ich es tue, fluche ich leise.

Die Crawler-Suche über Drake Steele hat Massen von Einträgen gefunden. Er spendet seit mindestens einem halben Jahrzehnt privat an Menschen – abseits von Start-Up-Unterstützung – in der Größenordnung von Millionen pro Steuerquartal.

Um Schuldgefühle loszuwerden? Egal. Was nicht egal ist, ist, dass er bereits das Richtige tut, und zwar mehr als Leute wie er das normalerweise tun, und ich habe ihn gerade trotzdem bestraft. Und nun könnte er sterben.

Ein kleiner Schluchzer der Verzweiflung entwischt mir, bevor ich meinen Mund mit der Hand bedecke, und der Bildschirm verschwimmt vor meinen Augen. Oh Gott, ich habe es versaut.

Wie konnte mir das nur passieren? Ich war so vorsichtig. War ich voreingenommen wegen seiner Vergangenheit? Oder ist es, weil er so nervtötend ... perfekt ist und zudem noch reich?

Ich kneife die Augen zu, entsetzt über mich selbst, aber entschlossen das hier geradezubiegen. *Konzentration.*

Eine letzte Sache muss ich noch tun, um ohne Albträume schlafen zu können, bevor mein erschöpfter Körper mich ins Bett zwingt. Ich erstelle einen nicht nachvollziehbaren E-Mail-Account, setze Drake Steeles private E-Mail-Adresse ins Empfängerfeld und sende ihm die verdammte Warnung.

Ich würde lieber selbst sterben, als zu riskieren, dass ein guter Mann getötet wird.

4

Drake

Der Innenhof ist ein schmuckloser Kasten ohne Dach. Wir können gerade so die Spitzen der sibirischen Pinien draußen sehen, wenn wir genau hinschauen, aber das macht niemand. Wir sind zu beschäftigt damit, uns gegenseitig anzusehen.

Wenn man zu viele sogar der sanftesten Tiere zusammen in einen zu kleinen Käfig sperrt, werden sie anfangen zu kämpfen. Insassen sind keine sanften Tiere. Und hier sind hundert Männer in einen Innenhof gepfercht, der für etwa fünfzig gebaut wurde.

Ich bin der jüngste Mann hier – eher noch ein Junge – nicht, dass das irgendwen interessieren würde. Meine Haut ist ein unbeschriebenes Blatt – keine Nadel hat sie je berührt, und auch kein Messer. Das wird sich bald ändern, aber nicht, weil ich das möchte.

Mein Cousin hatte mir aufgetragen, mit dem Fahrrad in der Nachbarschaft herumzufahren und aufzupassen, während er etwas verkaufte, was ich nicht zu Gesicht bekam. Als die Polizei heranrauschte, dachte ich, sie wären wegen etwas Anderem gekommen – bis sie auf ihn schossen. Jetzt ist er tot, und obwohl ich niemals erfuhr, warum ich Leonid bewachte, wurde ich wie ein Erwachsener verurteilt.

Nun bin ich hier allein in diesem Gefängnis für Mörder.

Schaue auf keinen Fall ängstlich aus, *erinnere ich mich selbst.* Ich gehe geräuschlos um die Ecke des Hofs, ohne irgendjemandem zu nahe zu kommen, und versuche mir die Beine zu vertreten, während meine Atemwolken aufsteigen und Schneeflocken an meinem Gesicht vorbeifliegen. Ich kann Dutzende eisiger Blicke auf meinem Rücken spüren.

Schwere Schritte verfolgen mich. Ich versteife mich und bleibe, drücke mich an den Zaun und bete, dass der Verursacher der Schritte vorbeigeht – weg von mir.

„Hey, Junge."

Mir ist schlecht vor Angst als ich mich umdrehe, und ich versuche mich selbst daran zu erinnern: Ich habe nichts getan. Ich habe niemandem etwas getan. „Ja, Sir?"

Ich schaue auf in ein vernarbtes, grinsendes Gesicht mit unebenem Bart und fühle einen harten Schlag in den Magen. Ich starre ihn an, während ich mich zusammenkrümme, vollkommen verwirrt. Er lacht. Seine Freunde auch.

Der Schmerz breitet sich aus, zusammen mit kalter Übelkeit. Meine Hände werden kalt, wo ich mich halte. Ich sehe, wie er zu seinen Freunden zurückgeht, während ich mich immer noch frage wieso er das getan hat, und sehe wie er das blutige Messer über den Zaun wirft und seine Hand abwischt ...

Ich wache auf, die Hand auf meiner Narbe, und setze mich mit einem kleinen Schrei auf. Ich orientiere mich fast sofort, aber mein Herz hämmert weiter. „Ahh ... Shit", flüstere ich, während ich darauf warte, dass mein Atem sich verlangsamt, bevor ich nach meinem Wasserglas greife.

Wahrscheinlich sollte ich nicht überrascht sein, denke ich, als ich das Wasser herunterschlucke, ohne es zu schmecken. Es schwächt meine Kopfschmerzen etwas ab, aber ich weiß, dass es eine ganze Weile dauern wird, bis das Klopfen in meinen Schläfen verschwinden wird. Wenn ich sehr gestresst bin, kommen die Albträume zurück, und all meine Erfahrung mit schlimmen Träumen genügt nicht, um sie unter Kontrolle zu bekommen.

Momentan bin ich verdammt gestresst. Ich bin genervt, aber ich habe kein Gesicht in das ich schlagen könnte. Nichts von dem, was wir über den Bitcoin-Diebstahl herausgefunden haben, macht Sinn, und selbst nach einem ganzen Tag des Suchens sind wir dem Dieb kein Stück näher auf den Fersen.

Mein Personal konzentriert sich auf zwei Transaktionen. Kurzfristig hat jemand mir fast 80.000 Bitcoins überwiesen, bevor die Person sie – zusammen mit 25.000 meiner eigenen Bitcoins – an jemand anderes weitersendete. Das Unlogische sind die Namen – diejenigen meines unerwarteten Spenders und der Person, die mich anscheinend in der gleichen Nacht bestohlen hat.

Don Rocco Marcone, ein gewalttätiger Bastard mit einem Hirn wie ein Backstein, ist der angebliche Spender. Und Dr. Taki Yoshida, der heimlich amtierende, örtliche Oyabun, ist der angebliche Dieb – was absolut keinen Sinn macht.

Yoshida ist kein Dieb. Und Marcone würde mir niemals Geld senden, also wird er wahrscheinlich denken, dass ich ihn bestohlen habe. Hinzu kommt, dass 25.000 der Bitcoins, die Marcone mir überwiesen hat, vorher Yoshida gehörten. *Schön im Kreis ... und ich wette, nach dem Stopp auf Yoshidas Konto wird das Geld abgehoben und verschwinden.*

Ich schaue auf das offene Notizbuch neben mir, in das ein Dreieck mit Pfeilen eingezeichnet ist. Das Geld bewegt sich von einem Konto zum Nächsten und vermehrt sich mit jedem Schritt, dann verschwindet es mit einem Pfeil, der noch keinen Namen trägt. Ich beschuldige Yoshida, Yoshida beschuldigt Marcone und Marcone beschuldigt mich.

Wir bekämpfen uns ... während jemand anderes mit unserem Geld abhaut.

Wo habe ich diese Story schon einmal gesehen? Sie kommt mir so furchtbar bekannt vor.

Bringe die Leute dazu miteinander zu streiten, während du dich mit ihrem Geld davon machst. Der Name dieses Films liegt mir auf der Zunge. Die Umstände sind anders, aber das Prinzip ist das gleiche.

Ich atme tief ein und stehe auf, um meine Jogginghose anzuziehen. Früher habe ich gerne einfach die Heizung aufgedreht und nackt oder fast nackt Sport gemacht. Aber nachdem ich der Grund für eine nahezu tödliche Ablenkung für eine Fensterputzerin geworden war, trage ich jetzt zumindest Unterwäsche oder bedecke meinen Unterkörper.

Wobei sie auch einfach nur alle Narben auf meiner Haut gezählt haben könnte.

Um in die Gunst der *Bratva* zu kommen, muss man viele Dinge tun. Die Bruderschaft der Diebe ist nicht tolerant gegenüber Feiglingen, Verrätern und denjenigen, die nur von ihnen nehmen und nichts zurückgeben. Ich war sechzehn, als ich mein erstes Tattoo bekam, noch bevor die Naht in meinem Bauch gezogen wurde.

Ich schaue auf das ehemals schwarze und weiße Bild, das sich um meinen Bizeps schließt: eine Rose, die um ein Messer rankt. Die ursprünglichen Linien wurden mit einer selbst gemischten Tinte und einer Nadel, die an einem elektrischen Rasierer befestigt war, unter meine Haut gebracht. Es dauerte zwanzig Stunden in zwei langen, schmerzhaften Sitzungen. Mir wurde gesagt, wenn ich weine, würden sie mich umbringen, statt mich zu trösten.

Meine Augen blieben knochentrocken, auch wenn ich fast meine Lippe durchbiss. Sie waren beeindruckt. Dann fanden sie heraus, dass ich ein Naturtalent in Sachen Mathematik, Computern und Geld bin, und waren noch beeindruckter.

Sie schickten mich an die Arbeit, sobald ich meine Zeit abgesessen hatte – was vier Jahre dauerte, obwohl meine Verurteilung letztendlich zurückgenommen wurde. Ich war danach nie wieder im Gefängnis. Stattdessen schickte mich meine neue Familie von Russland in die Staaten, um das Geld eines örtlichen *Bratva*-Anführers zu verwalten. Ich trainierte meinen Geist so brutal wie ich meinen Körper trainiert hatte, trainierte mir meinen Moskauer Akzent ab und lernte so viel wie möglich über Computer und Finanzen.

Die ganze Zeit sparte ich so viel wie möglich von dem, was sie mir zahlten, und suchte nach einer Möglichkeit, es in etwas zu investieren, das mich von ihnen befreien würde. So war also mein Startkapital zusammengekommen. Ich bin nicht stolz darauf, aber ein Mann muss überleben, und ich hatte keine

Kontrolle über mein Schicksal, bis ich ihnen meine Schuld zurückbezahlte.

Ich wärme mich mit etwas Yoga in meinem Heim-Fitnessstudio auf, das etwa ein Viertel des unteren Stockwerks meines Penthouses einnimmt, und steige dann auf den Crosstrainer für eine Runde Cardio. Die Wände des Fitnessstudios sind verspiegelt, damit ich meine Form checken kann, manchmal erschreckt mich die große, tätowierte Bestie im Spiegel etwas.

Er wirkt nicht wie ich. Er ist nicht der Mann, den meine Angestellten kennen – andererseits hat mich auch niemand von ihnen unter meinem Anzug gesehen.

Ich erinnere mich daran, meine Brüder mit einem Messer im Gefängnishof verteidigt zu haben. Und ich erinnere mich daran, meine Freiheit damit zu bezahlen, riesige Geldbeträge für die *Bratva* zu waschen. Aber wie alles andere, was mir zugestoßen ist, seit die Moskauer Polizei mich festgenommen hat und bevor ich vor einem halben Jahrzehnt mein neues Leben begonnen habe, scheint das überhaupt nicht mein Leben gewesen zu sein. Es war eher wie ein Schauspiel, das ich aufführen musste, bis ich meinen Ausweg verdient hatte und wieder leben durfte.

Die meiste Zeit sehe ich im Spiegel also den dürren, hungrigen, naiven Jungen, der nicht mal daran dachte wegzufahren, als die Polizei in seiner Nachbarschaft aufkreuzte.

Ich reiße Kilometer um Kilometer auf dem Crosstrainer ab, Arme und Beine pumpen, einen Hauch von Schweiß auf der Haut. Heute habe ich mehr Narben als Tattoos, die festen, ledrigen Hautteile werden dünner und weicher nach Jahren der Behandlung, aber sie ziehen sich immer noch an manchen Stellen zusammen, wenn ich meine Muskeln anspanne.

Die Bauchwunde. Abwehrnarben an den Außenseiten meiner Arme. Ein Schwung quer über meinem Rücken. Und die Stellen, wo ich auf Anweisung einige der Tattoos entfernt hatte, die meine Mitgliedschaft und Rang in der *Bratva* darstellten.

Man kann nicht einfach seinen Ausstieg kaufen, auch wenn ich ihnen die erste Milliarde, die ich verdient hatte, überschrieb.

Sie wollten, dass ich das Kreuz auf meiner Brust auf die altmodische Art entfernte: mit der rauen Seite eines Backsteins. Ich stand dort und kratzte es selbst ab, während sie ein Begräbnis für mich hielten, denn wenn ich unsere Verbindung nicht korrekt beendete, käme ich in den Sarg, den sie mitgebracht hatten. Die Fliege mit dem Dollarzeichen um meine Schlüsselbeine ist jetzt auch weg, dort bin ich immer noch etwas wund. Das, wie auch die Sterne auf meinen Schultern, ließen sie mich normal entfernen.

Die Rose und das Messer, die Taube mit dem Olivenzweig über meinem Herzen und der zähnebleckende Totenkopf auf meiner Schulter ließ ich farbig von einem Profi tätowieren, als die anderen alle weg waren. Nun erinnern sie mich an meine Vergangenheit, ohne zu sehr nach Gefängnis-Tattoos auszusehen. So unwirklich sich diese Zeit auch anfühlt, ich darf sie niemals vergessen.

Ich habe mein Leben verändert – verdammt, ich habe sogar meinen Namen geändert – aber ich werde mir niemals erlauben zu vergessen, wie ich dahin gekommen bin, wo ich heute bin.

Mein Handy klingelt: Laura. Ich nehme den Video-Anruf an, bevor ich auf dem Crosstrainer weiter mache. „Guten Morgen! Was hast du für mich?"

„Unser Dieb wechselt zumindest einige der gestohlenen Bitcoins aus der Blockchain." Ihre Ansage wird begleitet von einem entnervten Seufzer, der ein wenig blechern klingt, da sie den Lautsprecher eingestellt hat.

„Auf Englisch!", grummelt John im Hintergrund und ich pruste.

„Man kann Bitcoins nehmen und sie auf eine Festplatte, einen USB-Stick oder ein anderes Gerät laden und wechseln oder offline in vielen Geschäften ausgeben, vor allem in den größeren Städten. Wenn du das tust, bleiben die Bitcoins außerhalb des Systems, bis das Geschäft sie wieder ausgibt. In dem Moment kommen sie wieder in die Blockchain und ihre Bewegungen werden wieder aufgezeichnet. Das nennt sich Cold-Wallet-Kauf."

„Das ist also wie mit Bargeld herumzulaufen. Bis das Geld wieder auf das Konto von jemandem eingezahlt wird, erkennt das Bankensystem es nicht." John nickt langsam mit zusammengezogenen Augenbrauen.

Ich höre, wie Laura an ihrem Tee nippt. „Mmhmm! Das habe ich überwacht – den Moment, in dem irgendeiner unserer verschwundenen Bitcoins erneut auftaucht."

Das klingt langsam hoffnungsvoll. „Und sind einige aufgetaucht?", frage ich mit kontrolliertem Tonfall.

Laura klingt trotz ihrer offensichtlichen Erschöpfung aufgeregt. „Ja, vor fünfzehn Minuten. Und zwar hier in Seattle."

„Wer würde das tun?", murmele ich. Ich habe in der *Bratva* keine Feinde zurückgelassen, und auch sonst nirgendwo, soweit ich weiß. Wieso also passiert das hier?

„Ich bin mit John beim Frühstück eine Liste potenzieller Verdächtiger durchgegangen.", sagt Laura etwas abgelenkt während sie tippt. „Niemand von ihnen hat genügend Interesse an der Technologie, um das hier aufziehen zu können. Sie wüssten nicht mal, wen man anheuern muss, um das hier durchzuziehen."

Sie frühstücken zusammen? Ich schiebe den Gedanken mit einem kleinen Kopfschütteln beiseite. „Vergiss es. Vielleicht sollten wir aufhören uns den Kopf darüber zu zerbrechen, wen ich verärgert haben könnte, und uns stattdessen darauf konzentrieren, wie das Geld benutzt wird."

„Denkst du, dass der Dieb einen Grund hat?", fragt John.

„Wenn derjenige, der dahintersteckt, ein so großes Risiko eingeht, dieses Geld so schnell auszugeben, muss es in gewisser Weise dringend sein."

Mehr Tippen, dann japst Laura leise, während ich weiter auf meinem Crosstrainer marschiere.

„Was ist los?", keuche ich, meine Muskeln spannen sich an. Der Narbenstreifen auf meinem Rücken zieht wieder während ich meine Arme schwinge. Ich ignoriere es.

„Ein Kinderzimmer", murmelt Laura, "ein Rollstuhl, Baumaterialen."

Ich werde langsamer. „Das macht keinen Sinn."

„Ich weiß", antwortet Laura leise, „aber so ist es."

„Du glaubst, unser Dieb stiehlt, um seine Familie zu unterstützen?" John klingt nicht überzeugt.

„Nicht für über eine Milliarde Dollar", sage ich gedehnt. Aber jetzt bin ich neugierig. „Such weiter", weise ich Laura an, „Ich will so viel wie möglich darüber wissen, wie dieses Geld ausgegeben wird."

„Ich werde dem Thema meine gesamte Zeit widmen", verspricht sie.

„Einen Moment. Geschäfte. Du sagtest, unser Dieb geht zu lokalen Geschäften, um große Einkäufe zu tätigen? Die müssen doch irgendwo hingeliefert werden, oder?" John klingt plötzlich aufgeregt.

„Stimmt", antwortet Laura, „Ich werde die Infos besorgen und sehen, ob ich Kameraaufnahmen vom Moment des Kaufs finden kann. Wenn keiner der Empfänger eine Spur zu unserem Hacker hat, vielleicht können wir sein Gesicht auf der Aufnahme der Überwachungskamera entdecken."

Das ist auf jeden Fall ein Fortschritt. Voller Optimismus öffne ich den Mund, um zu sagen, dass es losgeht, als mein Handy piept. Jemand hat mir eine E-Mail auf meinen Arbeits-Account geschickt. „Okay, dann los", sage ich abgelenkt und öffne meine E-Mail-App.

Dann halte ich einen langen Moment inne und starre auf mein Handy, meine Beine werden langsamer und stoppen. Die Nachricht ist von einer anonymen Adresse – merkwürdig. Ich öffne sie und blinzele einige Male, während ich die wenigen Zeilen lese.

„Ich rufe dich an, sobald wir mehr wissen", verspricht Laura, doch ich höre sie kaum.

„Natürlich", schaffe ich es zu antworten, bevor der

Anruf endet. Ich lese die anonyme E-Mail noch einmal.

Dr. Yoshida hat dich nicht bestohlen. Konfrontiere ihn nicht.

Don Rocco Marcone denkt, dass du ihn bestohlen hast. Sei vorsichtig.

Du bist versehentlich ins Fadenkreuz geraten.

Ist das ein Leak von einem der Partner des Diebs, oder Gewissensbisse des Diebs? Ich mache mich wieder an meinen Sport, mein Kopf voller Fragen, wie – und ob – ich diese merkwürdige Nachricht beantworten soll.

5

Robin

Erst, nachdem ich die Warnung an Drake Steele verschickt habe, kann ich endlich schlafen. Ich fühle keine Erleichterung während ich einschlafe, nur eine Art Resignation. Möglicherweise habe ich gerade mein Todesurteil unterschrieben – wortwörtlich sterben für meine Prinzipien. Immerhin sterbe ich mit einem reinen Gewissen.

Der Regen trommelt gegen das dünne Holz, das knapp zwei Zentimeter von meinem Kopf entfernt ist. Der Kühlschrank-Kasten, den ich auf der Straße gefunden habe, leckt, ich habe ihn mit Pappe ausgekleidet, aber die weicht langsam durch.

Ich verstecke mich drinnen, zusammengerollt und zitternd, und bete, dass keiner der Betrunkenen mich findet, bevor ich ein paar Stunden schlafen kann. Vor ein paar Tagen hatten sie einen Heidenspaß damit, mich durch die Straßen zu jagen. Ich glaube nicht, dass ich in nächster Zeit noch so einen Schrecken verkraften kann.

Ich bin zwölf, aber ich fühle mich nur halb so alt. Ich habe Angst, habe mich zu einer Kugel zusammengerollt und würge meine Tränen herunter, damit mich niemand durch den Regen hören kann. Bitte mach, dass sie mich nicht finden, bete ich. Ich habe bereits blaue Flecken von Fingern, wo einer von ihnen meine Hüfte gegriffen hat.

Ich will zu meiner Mama. Ich will zu meinem Papa. Ich will mein altes Zuhause zurück, meine Bücher und mein Bett.

Ich will diesen eisigen Winter nicht, diese hässlich und dunkel gewordene Stadt, ihre Männer, die zu Monstern geworden sind.

Ein Regentropfen findet den Weg durch die Pappe und fällt auf meinen Kopf wie ein kleiner, eisiger Stein. Ich vergrabe mein Gesicht in meinen Händen und frage mich wieder, wieso niemand da ist, um zu helfen.

Das Ping einer E-Mail zerrt mich aus dem Karton und zurück in meine warme Wohnung. Verschlafen hebe ich den Kopf, das Hirn voller Unschärfe, meine Tränen trocknen noch auf meinen Wangen.

Ich habe mir selbst versprochen, dass ich niemals jemanden das durchmachen lassen würde, das ich durchmachen musste; nicht, wenn ich etwas dagegen tun konnte.

Es ist mitten am Morgen. Der Regen klatscht gegen das Fenster, und ich nicke grimmig, da ich weiß, woher die alte Erinnerung kam. Ich bin nicht wütend, Regen bedeutet, dass es nicht mehr friert.

Ausnahmsweise zögere ich, aus dem Bett zu steigen und mich zusammenzureißen, um wieder an meinem Schreibtisch an die Arbeit zu gehen. Ich habe nicht genügend geschlafen. Ich bin durch die Hölle gegangen und weiß nicht, wann ich wieder werde schlafen können, wenn ich jetzt aufstehe.

Ich kneife die Augen gegen das dünne Sonnenlicht zusammen und vergrabe mich tiefer unter der Decke. Was auch immer in der Nachricht steht, es kann warten.

Ich liege immer noch mit offenen Augen da, mehrere Minuten später, bevor ich seufze und aufstehe. „Verdammt!" Die Einsamkeit des Traums, die Angst und Verzweiflung sitzen immer noch in meinem Herzen, als ich ins Bad gehe. *Vielleicht sollte ich mir ein Haustier besorgen, oder so.*

Nachdem ich geduscht bin und mir schwarze Jeans und einen grauen Wollpulli angezogen habe, zwinge ich mich dazu, etwas zu essen vor meinem nächsten Trip in den Cyberspace. Ich werde irgendwann mal einen Spaziergang machen müssen, irgendeine Art von richtiger Bewegung. Mir fällt langsam die Decke auf den Kopf.

Erstmal werde ich mich mit ein paar hartgekochten Eiern, einer Schüssel Haferflocken mit Apfelstückchen und einer Banane abfinden müssen. Ich schlucke meine übliche Handvoll Vitamine und Nahrungsergänzungsmittel, bevor ich meine kleine Küche aufräume und zum Schreibtisch herübergehe, um zu sehen, was online los ist.

Ich öffne das Fenster, das gepiept hat, und erstarre.

Oh nein. Nein, nein, nein. Was tut er? Ich hätte den verdammten E-Mail-Account einfach eine Stunde, nachdem ich die E-Mail versendet habe, schließen sollen!

Drake Steele hat mir unerwartet zurückgeschrieben und eine Minute lang starre ich die Nachricht an, ohne sie zu öffnen. Dann schließe ich meine Augen und klicke sie an.

Ich muss mich dazu zwingen, sie zu öffnen und auf den Bildschirm zu schauen.

Danke für die Warnung. Ich schätze, du hattest Gewissensbisse.

Ich möchte gerne mein Geld zurück, und ich möchte eine Erklärung.

Ich bekomme meinen Atem nicht unter Kontrolle. In meinen Ohren klingt plötzlich meine frühere Warnung an mich selbst. *Interagiere nicht.*

Es ist zu gefährlich, ... aber andererseits: Wenn ich gerade jemanden bestohlen habe, der relativ unschuldig ist, verdient er zumindest eine Erklärung. Oder?

Ich schicke ihm eine kurze Nachricht zurück. Der Mail-Server, den ich benutze, kann nicht zu mir zurückverfolgt werden. Die ganze Zeit fühle ich mich hin- und hergerissen. Und doch, obwohl ich zwanzig Minuten brauche, um ein paar kurze Zeilen zu schreiben, fühle ich mich besser, weil ich die Antwort sende.

Das Geld ist doch Kleinkram für einen Mann wie dich, aber ich werde es benutzen, um 7.000 Leben zu retten.

Ich will nur nicht, dass du wegen dieser Sache stirbst. Die anderen beiden verdienen es vielleicht, aber bei dir bin ich mir nicht mehr so sicher.

Ich lehne mich zurück und schließe meine Augen. Plötzlich scheinen die Wände der Wohnung näher zu kommen. Ich muss hier raus, Regen hin oder her.

Meine Stiefelabsätze klackern auf dem nassen Bürgersteig, als ich die Straße hinunterlaufe zum nächsten Tante-Emma-Laden, vier Blocks entfernt. Nach der Eiseskälte und dem Schnee hat Seattles Version von Januar-Tauwetter die Luft mit Nebel gefüllt. Ich komme an dem ausgebrannten Gebäude vorbei und schaue weg. In meinem Kopf rauscht es vor Scham über mein Versagen.

Immerhin werden die Überlebenden genügend Geld haben, um ihr Leben neu aufzubauen. Aber egal, was ich tue, es fühlt sich nicht genug an. Nicht, nachdem wir fünf Leben verloren haben.

Ich versuche, diese Gedanken auszublenden, und denke stattdessen an Drake Steele. Ich kann ihn nicht aus dem Kopf bekommen – sein gutes Aussehen, seine Selbstsicherheit, wie schnell er verstanden hat, wer ihm die Nachricht geschickt hat, und sein Mut, mir zurückzuschreiben und eine Antwort zu verlangen.

Und dann habe ich ihm eine gegeben, genau wie er es wollte. *Was ist eigentlich mein Problem?* Dieser Mann ist gefährlich, das fühle ich bis ins Mark. Er hat mich bereits dazu gebracht Dinge zu tun, die ich eigentlich nicht tun sollte.

Er bringt Ärger. Er würde sogar Ärger bringen, wenn es nicht einmal seine Absicht wäre. Wieso hat er eine solche Wirkung auf mich?

Jetzt bekomme ich es mit der Angst zu tun, sie sickert durch meine aufkeimende Resignation. *Was auch immer passiert, ich muss mich darauf konzentrieren diesen Menschen zu helfen. Nichts ist wichtiger als das.*

Der Tante-Emma-Laden teilt sich das Erdgeschoss eines schönen, alten Gebäudes mit einem Café auf der einen Seite und einem Second-Hand-Buchladen auf der anderen. Innen befindet sich ein typischer Seattle-Kompromiss: Eine Wand voller Gemüse und gesunden Snacks, die andere Wand voller Salz, Zucker und Fett.

Der speckige, kleine Perser hinter dem Tresen hört sich geduldig die Kundenbitte um mehr Tofu-Auswahl an. Er lächelt mich etwas resigniert an, und wir nicken einander zu als ich hineinkomme. Er sieht mich alle paar Tage und scheint immer ein bisschen erleichtert beim Anblick eines Kunden, der ihm nicht merkwürdige Wünsche in zu schnellem Englisch auflistet.

Ich kaufe eine große Flasche fertigen Ernährungs-Shake, einen dickflüssigen, moosfarbenen Schleim dank sehr viel Spirulina. Ich weiß, dass ich nicht genug schlafe und esse, also hoffe ich, dass diese Entscheidungen etwas bringen.

Ich zahle passend, der Kassierer lächelt und wir wünschen uns alles Gute, dann gehe ich. Ich glaube, er denkt, dass ich viel jünger sei als ich es in Wirklichkeit bin. Er hat mich schon mehrfach gefragt, wo meine Mutter sei.

Ich denke, er würde erschaudern, wenn ich ihm die Wahrheit sagte.

Mein Körper scheint nach irgendetwas in dem Shake zu verlangen, denn sobald ich ihn öffne und rieche, schütte ich ihn gierig herunter, noch auf dem Weg nach Hause. *Wenn Drake sein Geld zurück will, kann er direkt zu jeder einzelnen Person, der ich geholfen habe, gehen und es zurückverlangen – vorzugsweise persönlich.*

Doch obwohl ich es auf dem Heimweg in meinem Kopf durchgehe, fällt meine Entschlossenheit in sich zusammen, als ich mich vor meinen Bildschirm setze und sehe, dass er zurückgeschrieben hat. Wieder.

Du faszinierst mich. Wenn du mir von den 7.000 Menschen erzählst, die du mit meinem Geld rettest, kannst du es ohne Probleme behalten.

Es gibt nur einen Haken. Ich will es von dir persönlich hören – und ich möchte, dass du irgendeine Art von Dokumentation mitbringst von diesen Guerilla-Wohltätigkeits-Aktionen, damit ich sie verifizieren kann.

Ich rücke so abrupt vom Schreibtisch ab, dass ich fast den Stuhl umstoße. „Oh nein. Nein, nein, nein, nein, das ist eine schlechte Idee." Und wahrscheinlich eine Falle.

Ich antworte ihm.

Ich werde dir alle relevanten Details geben, wie das Geld verwendet wurde, aber ich werde dich nicht treffen. Es geht um meine Sicherheit.

Resolut wechsele ich das Fenster und zwinge mich dazu, weiter mit dem gestohlenen Geld die Probleme von Menschen zu lösen. Candace Whitman: Krankenhausrechnungen, 48.999 $. Die Familie Rodriguez: Hypothek-Rückstand, 40.000 $.

Purple-Heart-Empfängerin Aisha Michaels: Tierarztrechnungen für ihren Behindertenhund, Renovierungen an ihrem Haus, um es barrierefrei zu machen, 37.000 $.

Man braucht nur etwa ein Jahresgehalt, um das Leben von jemandem für immer zu verändern. *Jeder, der behauptet, Geld könne keine Freude kaufen, kennt nicht das Elend, wenn man nicht genügend hat.*

Ich habe zehn der „Kunden" von heute abgearbeitet, als ich das Piepen einer E-Mail-Antwort höre. Ich halte inne und mein Herz beginnt zu hämmern. „Shit."

Vergiss es, Steele! Ich werde dich nicht treffen! Ich wechsele das Fenster – und meine Augen weiten sich vor Schreck.

Er hat einen Foto-Anhang geschickt. Das bin ich.

Ein verschwommenes Bild von mir, meine Haare unter einen Hut geschoben und mein Körper in einen fusseligen grauen Mantel gewickelt, der überhaupt nicht mein Stil ist – es ist eine meiner Verkleidungen. Das Bild ist von einem der Einkaufszentren, wo ich gestern Morgen einige der Möbelkäufe für meine „Kunden" erledigt habe.

Er muss sich in ihr Sicherheitssystem gehackt und dieses Bild gestohlen haben. Unmöglich, dass er die Information so schnell auf einem anderen Weg besorgt hat – nicht einmal Bestechung.

Ich weiß, dass du in Seattle bist. Ich weiß, dass du

Cold-Wallet-Käufe mit meinen Bitcoins machst und sie zu Einzelpersonen und Familien in der Stadt schickst. Ich nehme an, sie gehören zu den 7.000.

Ich sitze regungslos da und starre auf den Bildschirm. *Wie hat er mich so schnell gefunden?*

Eine Chat-Nachricht öffnet sich mit einem weiteren Foto – wieder bin es ich, und diesmal ist es sehr klar. Das süße, kleine Ich vor fast einem Jahrzehnt – unschuldig, lächelnd, gut gekleidet und sehr blond.

Du warst ein süßes Kind, Miss Locke. Ich bin mir sicher, du bist auch heute noch wunderbar und ich vermute, du hast noble Ziele. Aber du wirst nicht mit meiner Drittelmilliarde Dollar abhauen ohne ein persönliches Treffen.

Ich sitze da und zittere mit einer Mischung aus Wut, Scham und Angst, als er mir eine Adresse und eine Uhrzeit nennt. Es ist eine gehobene Grill-Bar Downtown.

Heute Abend. Es ist schön öffentlich. Du wirst sicher sein. Aber wenn du nicht auftauchst, werde ich dich finden.

Wie ...? Denke ich wie betäubt, dann lehne ich mich zurück und schließe die Augen. *Er hat mich.*

Wir sehen uns dort.

Sieht aus, als hätte ich eine Verabredung zum Abendessen.

6

Drake

„OK. Ich will nicht blind in dieses Treffen gehen. Ich will jedes Detail, das du über Robin Locke gefunden hast, und ich meine jedes einzelne. Ist mir egal, wie langweilig oder trivial es scheint." Ich schaue Laura an, die auf der anderen Seite des Schreibtischs sitzt, und sie nickt während sie etwas in ihren Laptop tippt.

„Ich schicke dir die Zusammenfassung sofort und dann alles weitere, was ich finde, vor acht Uhr heute Abend. Bist du dir sicher, dass du diese Frau treffen willst?" Laura schaut mich besorgt an.

Ich lache herzhaft. "Ich bin wirklich nicht so besorgt, Laura", versichere ich, "Ich werde bewaffnet sein, John wird sich in Rufnähe aufhalten, und nach deinen Informationen ist unsere Hackerin eine Alleingängerin, oder zumindest ist sie das seit das Spinnennetz untergegangen ist."

Laura nickt und seufzt leise. „Ich vertraue diesen anarchistischen Leuten nicht so ganz. Man weiß nie, was ein Hacker tun wird. Oder wieso."

Ich lehne mich in meinen Schreibtischstuhl zurück und gehe auf meinem Computer ihre weitergeleiteten Dateien einzeln durch.

Robin Locke, 24 Jahre, amerikanisierte britische Staatsbürgerin. Geboren in Washington, D.C. am 8. März 1994, Tochter eines britischen Diplomaten und dessen Ehefrau. Eltern starben in einem Autounfall, als sie zwölf war. Sorgerecht wurde Weltworth Locke, Onkel väterlicherseits, zugesprochen und der gesamte Besitz wurde auf seinen Namen überschrieben.

„Und wieso wurde sie nicht nach Großbritannien zurückgebracht? Oder ist ihr Onkel hierher gekommen?"

„Kurz", antwortet Laura und klingt dabei so grimmig, dass ich sofort weiterlese. Sie ergänzt die Informationen, wenn sie neue findet. Wir haben jetzt viel mehr Details.

Wentworth Locke verkaufte alle Besitztümer der Familie, liquidierte alle Anlagen und setzte sich drei Monate nach dem Tod seines Bruders in einen Privatjet zurück nach London. Es wurde angenom-

men, dass Robin mit ihm kam. Doch Robins Dokumente für die Rückführung wurden niemals eingereicht, sie wurde in keine Schule eingeschrieben und hat keine Krankenakte in Großbritannien.

Ich reiße die Augen auf. Dieser Teil ist neu, und plötzlich macht die Wut unserer kleinen Anarchistin auf eine furchtbare Weise Sinn. „Lese ich hier, dass dieser Mann sie auf der Straße zurückgelassen hat?"

„Es gibt keine Hinweise darauf, dass sie je Zeit in London verbracht hat. In jenem Winter wurde sie in das öffentliche Krankenhaus von D.C. mit schwerer Lungenentzündung, Unterernährung und Vernachlässigung eingewiesen", Laura zuckt zusammen, als sie mein Gesicht sieht.

„Er hat sie bestohlen. Er hat sie bestohlen und fallenlassen." Ich blinzele langsam und starre auf die Textzeilen vor mir. *Vom Millionär zum Tellerwäscher ... ein talentiertes junges Mädchen aus einer reichen Familie, fallengelassen und mehr oder weniger dem Tod überlassen. Kein Wunder, dass sie eine Vendetta gegen die Reichen führt.*

Das erinnert mich an ihr Vorhaben, tausende von Leben mit dem gestohlenen Geld zu retten. Anscheinend mag sie Filme. *Für eine Handvoll Dollar, Robin Hood.* Letzterer würde natürlich zu ihr passen, angesichts des Namens, den ihre Eltern ihr gaben.

Und natürlich nach allem, was sie durchgemacht hat, passt auch die Moral der Geschichte.

„Jede einzelne der Spenden, die wir nachverfolgt haben, ging zu einer Familie oder Einzelperson, der Obdachlosigkeit oder Elend drohte, stimmt´s?"

„Das stimmt. Wenn sie das restliche Geld auch so benutzt, praktiziert sie letztendlich eine Art ... Guerilla-Wohltätigkeit." Laura klingt verblüfft, doch ich lächle nur, denn das ist genau das, was es ist.

Meine kleine Filmfanatikerin. Von den Reichen stehlen, den Armen geben.

Langsam wird es schwer, wütend auf sie zu bleiben. Aber ich plane immer noch, die Situation zu meinem Vorteil zu nutzen ... Vielleicht kann sie ein Teil davon werden – in einer nicht-feindlichen Weise.

Sollte sie natürlich entscheiden, mich noch einmal übers Ohr zu hauen, dann werde ich sie vernichten müssen. Ich hoffe aber ehrlich, dass das nicht nötig sein wird.

„Irgendwelche anderen Krankenhausaufenthalte, Sozialhilfeanträge, irgendwas?", frage ich während ich weiter die Einträge überfliege, auch wenn ich nicht viel mehr Interessantes finde. „Da ist eine Lücke von etwa zehn Jahren."

Laura schaut von ihrem Bildschirm auf. „Wir vermuten, dass sie einen Teil ihrer Geschichte gelöscht hat. Vielleicht Jugendstrafen, Pflegeeltern, mit denen sie nicht in Verbindung gebracht werden möchte ... Ich weiß es, ehrlich gesagt, nicht."

Über Locke wurde kurzzeitig ermittelt, als Teil eines Seattler Untergrund-Hacking-Rings namens Spinnennetz. Er wurde 2011 zerschlagen, nachdem der Anführer in einer Polizeirazzia versehentlich getötet worden war.

Diesen Teil hatte ich bereits gelesen, doch der darunter stehende Zusatz überrascht mich und bringt mich gleichzeitig zum Grinsen.

Nahezu direkt nach der Razzia erschütterte ein Nacktfoto-Skandal die Polizei von Seattle, was zu Disziplinarverfahren für Dutzende von Polizisten führte. Darauf folgte die Veröffentlichung von mehreren zuvor verheimlichten und äußerst belastenden Dashcam-Videos, die zur Entlassung von vier und Verhaftung von zwei Polizisten führte. Danach folgte ...

„Wow. Sie steckt also hinter dem großen Shitstorm der Seattler Polizei 2011. Sie muss diesen Spinnen-Typen wirklich verehrt haben. Vielleicht haben er und seine Freunde sie von der Straße geholt?"

„Gut möglich." Laura tippt mit der Spitze ihres Stifts auf ihre Unterlippe. „Wenn sie vor sieben Jahren bereits so gut im Hacken war, fühle ich mich nicht ganz so schlecht, dass sie durch unsere Security gekommen ist." Sie schaut mich an und wird rot. „Tut mir leid. Ich sollte nicht –"

„Nein, du hast Recht. Die Frau ist ein Hacking-Rockstar. Aber was sie nicht hat, ist ein Team, so wie du, ich und die IT-Jungs. Anscheinend ist sie ziemlich gewöhnt daran eines zu haben. Ich frage mich, ob sie es vermisst." Ich kratze mich am Kinn und scrolle weiter. „Keine aktuellen, scharfen Bilder von ihr?"

„Es gibt kein einziges, aktuelles Bild von ihr online außer dem, das wir aus den Sicherheitskamera-Aufnahmen geschnitten haben. Und selbst mit Verbesserungen, sie hat ihre Haare und Augen verdeckt. Nur die Software für Gesichtserkennung konnte sie wiedererkennen, und selbst dafür musste ich die Altersparameter erweitern, bevor ich eine wirkliche Ahnung bekam."

„OK, hat die Software ein altersangepasstes Bild von ihrem zwölfjährigen Ich ausgespuckt? Ich möchte zumindest eine Ahnung davon haben nach wem ich suche, wenn ich in das Restaurant gehe. Ansonsten bin ich wirklich im Nachteil."

Ich scrolle bis ganz nach unten. Robin Locke hat langsam ein kleines Vermögen in Immobilien in South Park aufgebaut. Alles Wohnungen für Geringverdiener, alle weit über Industriestandard renoviert, alle machen nur gerade so viel Profit, um weitere Renovierungen ermöglichen zu können.

Ich schaue in die Dateien der Gebäude, die bei Greenhood Properties, ihrem Eigentum, registriert sind. *Schau dir das an.* LEED-Zertifikate, Solar- und Windinstallationen, Stromspeicher, Notfallgeneratoren, so hohe Isolierungs-Ratings, dass man es in einem Bostoner Winter gemütlich haben könnte. Fünf-Jahres-Mietverträge ohne Mieterhöhungen. *Sie macht keinen Profit mit diesen Mietern, sie beschützt sie.*

Laura tippt weiter, während ich über den Dokumenten brüte. „Fertig. Hab noch einen Moment Geduld. Ich muss fragen – was hast du vor, wenn du Kontakt aufgenommen hast?" Sie klingt etwas besorgt.

Ich schaue zu ihr auf, der letzte Rest Ärger hat sich irgendwann beim Lesen über Miss Lockes Vergangenheit und ihre Gebäude verflüchtigt. „Sie hat ein Chaos angerichtet. Sie muss mit uns arbeiten, um es wieder in Ordnung zu bringen. Wenn sie kooperiert, gute Resultate erzielt und den „guten Zweck", für den sie mich beraubt hat, gut begründen kann, will ich mir ihre Stärken zunutze machen. Wenn die Gefahr, dass ein paar Gangster mir die Tür eintreten, vorbeigezogen ist, überlege ich ernsthaft, ihr einen Platz in unserem Team anzubieten."

Sie versteift sich leicht. „IT?" Sie gibt sich immer noch die Schuld für die Hackerattacke und fürchtet, ersetzt zu werden wegen des Versagens. Es ist normal im Business, dass der IT-Leiter in einem solchen Fall abgesägt wird. Aber ich arbeite nicht so, und wir haben diese Systeme gemeinsam entwickelt. Es ist ebenso meine Schuld wie ihre.

„Nein, eigentlich meinte ich Wohltätigkeit." Ich muss über ihren überraschten Gesichtsausdruck grinsen. „Wenn sie nicht nur ein Arschloch ist, das sein Gewissen mit ein paar Spenden beruhigt, wenn das hier wirklich ihre Mission ist ..."

Ich halte inne und betrachte die Dokumente vor mir. Meine Wut über die Invasion dieser Frau in mein Leben hat sich in Faszination und tiefe Neugierde gewandelt. Vielleicht liegt es daran, dass ich die Angst, Einsamkeit und Hilflosigkeit, die sie gefühlt haben muss, verstehe – genau das fühlte ich als kleiner Junge, bevor ich stärker wurde.

Robin hat zudem Recht. Diese 25.000 Bitcoins waren Kleingeld für mich. Allein meine Investitionen werden das Geld in weniger als sechs Monaten zurückerwirtschaften.

Es hängt alles davon ab, was passiert, wenn wir uns treffen. Aber ich werde ihr eine Chance geben. Eine Chance.

Ich lache draufgängerisch, auch wenn ich mich nicht ganz so fühle. „Wenn sie so gerne mein Geld ausgeben will, um Leben und Zuhause von Menschen zu retten, vielleicht kann ich sie damit auf Trab halten."

Laura lächelt ein wenig; ich weiß, dass sie versucht

ihre Erleichterung zu verstecken. „Naja, sie auf Trab zu halten würde sie auf jeden Fall von Problemen fernhalten."

„Vielleicht. Sie scheint unglaublich viel Energie zu haben." Und Elan.

Sie ist diese Art von Person, die ihren Ärger über die Welt herauslässt, indem sie sie zu einem besseren Ort macht. Ich würde lieber nicht von diesem Ärger berührt werden, aber wenn Robin Locke ihre bemerkenswerten Talente in mein Team einfügt, dann bin ich dazu bereit.

Noch eine Benachrichtigung erscheint: Die Software hat ihre Arbeit beendet. Ich öffne das Ergebnis.

Oh wow.

Robin Locke ist schön. Selbst mit der merkwürdigen, puppenartigen Glattheit einer simulierten Ähnlichkeit sieht sie aus wie ein liebenswürdiger, zarter, blonder Engel mit riesigen braunen Augen. Ich schaue sie an und möchte sie vor der Welt beschützen und dann ... naja.

Es ist eine Weile her, dass ich eine Frau in meinem Bett hatte. Ich bin zu beschäftigt. Aber das heißt nicht, dass ich es nicht vermisse. Ihr Bild erinnert mich plötzlich daran, wie sehr.

„Na gut", sage ich abgelenkt, „Ich mache mich mal fertig. Wenn du noch etwas findest, schicke es mir, bevor ich mich auf den Weg mache."

„Natürlich" Laura beugt sich wieder über ihren Laptop, während ich aufstehe, um mich zu duschen.

Um Punkt acht Uhr sitze ich in einem meiner Restaurants Downtown mit einem Manhattan, den ich langsam trinke während ich die Tür beobachte. Die Wände sind aus dickem Glas gemacht, dick genug, dass die Regentropfen, die auf die Außenseite fallen, etwas verzerrt sind. Von meinem Platz am Rand des Mezzanins über der Bar kann ich heimlich jeden beobachten, der draußen vorbeigeht, oder fährt.

Die Tür öffnet sich eine Minute nach acht und eine schmale, in einen beigen Gabardine-Mantel gewickelte Person kommt herein. Sie nimmt die Kapuze ab, und ich blinzele als ich mich auf ihr Gesicht und die glänzende, schulterlange Mähne, die es umrahmt, konzentriere.

Die Software hat den Nagel auf den Kopf getroffen. Sie hat die unschuldigen Gesichtszüge eines Renaissance-Engels. Sie trägt nicht viel Make-up – es ist alles geschmackvoll und subtil ... bis auf die kurzen, stahlgrau lackierten Fingernägel – und die Haare.

Sie sieht nach Oberklasse aus – in allen Aspekten bis auf einen. Diese Strähnen. Weiche, schmeichelnde Wellen, die sie in mehreren Farbtönen gefärbt hat und die dem Haar Tiefe und Textur verleihen. Aber ... all diese Farben sind Grüntöne. Smaragdfarbene Strähnen schimmern im Licht als sie ihre Haare schüttelt und den Mantel abnimmt, wobei sie ein auberginefarbenes Kleid und Strumpfhose enthüllt. Eine einfache Reihe grauer Perlen liegt um ihren Hals. Sie sieht aus wie ein Punk – ein eleganter, unverschämt geschmackvoller Punk.

Ich frage mich, ob sie irgendwelche Tattoos unter dem Kleid hat. Und dann muss ich einen Schwall lustvoller Neugierde bekämpfen, denn anscheinend ist es meinem Schwanz scheißegal, welche Farbe ihr Haar hat.

Nach einem Moment stehe ich auf, ignoriere die leichte Unbeholfenheit und winke der Hostess zu. Sie nickt und geht los, um Miss Locke zu mir zu bringen.

„Guten Abend", begrüße ich die junge Hackerin, sobald die Hostess uns auf dem Mezzanin allein gelassen hat, „Danke für Ihr Kommen, Miss Locke."

7

Robin

Er ist in echt sogar noch heißer. Groß, elegant, ein leichter Geruch nach einem teuren Parfum umgibt ihn. Fotos können die Härte dieser stahlgrauen Augen oder die subtilen Züge in seinem schönen Gesicht nicht wiedergeben.

Ich könnte ihn den ganzen Tag anschauen. *Das ist gefährlich.*

Er zieht den Stuhl für mich heraus und ich frage mich, wie ich darauf reagieren soll. „Danke", schaffe ich es letztendlich zu antworten und setze mich, „Nicht, dass ich eine Wahl gehabt hätte."

„Ich entschuldige mich dafür. Aber auch wenn du mich versehentlich in deinem kleinen ...Vorhaben ... eingeschlossen hast, Taten haben Konsequenzen, und das hier muss gerichtet werden." Er lächelt kurz, als er sich auf seinen Stuhl setzt, sein Blick mit meinem verschränkt.

Ich schaue ihn mit starrem Gesichtsausdruck an und nehme mir vor, ihn nicht die komplette Kontrolle über die Konversation übernehmen zu lassen. Reiche Männer benehmen sich immer, als hätten sie das Recht, jeden um sie herum zu dominieren. Es kotzt mich an.

„Ich werde Marcone für dich los", sage ich schnell mit leiser Stimme, „Und wenn du wissen willst, wofür das Geld ausgegeben wurde, zeige ich es dir. Aber ich schwöre bei Gott, wenn du diese Menschen verfolgst, denen ich helfe –"

Er hebt eine Hand und sagt mit erschöpfter, aber fester Stimme: „Ich werde sie nicht verfolgen. Ich will nur wissen, was so wichtig ist, dass du das Risiko eingehst, dir solch gefährliche Feinde zu machen, um es zu schaffen."

Ich halte inne und mustere ihn wieder. Hinter all der selbstsicheren, dominanten Schönheit sieht der Mann auf der anderen Seite des Tisches nicht wirklich wütend aus. Eigentlich nicht mal unzufrieden. Er wirkt stattdessen sehr neugierig.

Ich zögere kurz, bevor ich beginne, scheu wie eine wilde Katze im Umgang mit diesem Fremden, der mehr als genug Grund hat, um mein Leben zu ruinieren. „Also, du hast die Polizei nicht gerufen. Ich nehme an, du hast kein Aufnahmegerät dabei, da dieser Deckenventilator dort genügend Hintergrundrauschen erzeugt, um jeden Versuch zu ruinieren."

„Das ist absichtlich so", antwortet er glatt, „Ich bin nicht hier, um die Polizei auf dich zu hetzen, dich in eine Falle zu locken oder belastende Hinweise zu sammeln. Ich will genau das, was ich verlangt habe. Die Wahrheit."

Er ist höflich, viel mehr, als ich es wahrscheinlich verdiene, vor allem aus seiner Perspektive. Ich lege meine Aktentasche auf den Tisch und nehme einen Ordner mit Unterlagen heraus.

„Allein letzte Nacht hat dein Geld diese Familien vor allem Möglichen, von Zwangsvollstreckung bis hin zum Tod, bewahrt. Wenn du willst, dass ich mich dafür entschuldige – das kannst du vergessen. Aber wenn du willst, dass ich mich dafür entschuldige, dich für jemanden gehalten zu haben, der du nicht bist, und dich möglicherweise in Probleme mit diesen ... Typen gebracht zu haben, küsse ich dir meinetwegen deine verdammten Füße."

Er zieht die Augenbrauen fast bis zum Haaransatz hoch. Doch dann lächelt er schief und murmelt: „Das ist nicht nötig. Aber bei deiner Freigeistigkeit nehme ich die Entschuldigung mit der gemeinten Ernsthaftigkeit an."

„Gut. Wenn ich mich nicht so beschissen fühlen

würde, dich in diesen Mist verwickelt zu haben, säßen wir gar nicht hier." Ich schiebe die Ordner zu ihm herüber. Ich habe alle Kontaktinformationen und Sozialversicherungsnummern geschwärzt – er könnte sie wahrscheinlich trotzdem finden, aber nicht mit meiner Hilfe.

„Die Idee ist, dass diejenigen, denen alles egal ist, trotzdem ihren Teil beitragen und Menschen retten, die andernfalls keine Chance haben. Aber du trägst deinen bereits bei. Das hätte ich wissen müssen."

Ich hasse schlampige Arbeit. Ich weiß, dass das Problem mit dem Gebäude nebenan meine Gefühle aus der Bahn gebracht hat und der Grund für meine überhastete Entscheidung ist, aber es ist mehr als das. Ich habe einfach nur nach Reichen gesucht, die genügend Kriterien auf meiner „Böse"-Liste erfüllten, um zu rechtfertigen, dass ich sie bestehle. *Verdammt, ich habe meine Empfänger genauer untersucht als meine „Spender".*

„Du wirst ja rot", kommentiert er, ohne von den Profilen, die er langsam durchblättert, aufzuschauen. Etwas Neckendes schwingt in seiner Stimme mit.

„Ich ... äh ... ähm..." *Mist!* Wie macht er das, ohne sich überhaupt anzustrengen?

Jetzt werde ich noch röter und kann nicht aufhören. Ich starre auf die Tischplatte, mein Gesicht brennt. „Schau, es tut mir einfach leid, dass das hier passiert ist. Lass ein paar geweitete Äderchen uns nicht davon ablenken."

„Oh, das tue ich nicht, aber du anscheinend schon." Seine Lippen biegen sich zu einem leichten, schiefen Grinsen, bevor er sich wieder dem Lesen widmet. „Wieso wählst du keine Empfänger auf der anderen Seite der Welt, oder zumindest weit genug weg von dir, damit dich niemand mit diesem Ort in Verbindung bringt?"

Gute Frage. Ich kann ihm nicht sagen, wie egal es mir ist, was mit mir passiert, solange ich den Job beenden kann, also sage ich einfach: „Das hier ist meine Gemeinschaft. Und ihre Bedürfnisse sind wichtiger als meine Sicherheit."

„Oder als meine Sicherheit", murmelt er, nun noch neugieriger klingend, „Du bist also bereit für deine Ideale zu sterben, was? Eher das, als dass ein unschuldiger Mensch getötet wird?"

Ich grunze. „Ja, bis auf eine Sache – du bist nicht unschuldiger als ich."

„Wahrscheinlich bin ich es sogar beträchtlich weniger", gibt er ruhig zu, „Aber das ist nicht mehr die Person, die ich sein will."

Ich schaue in seine Augen und fühle, wie sich etwas in mir löst und zu ihm schwebt, wie eine Strömung mich weit hinaus in ein warmes Meer zieht. Mein Herz schmerzt vor einer Sehnsucht, die ich nicht vollkommen verstehe, und ich merke zu spät, dass er viel gefährlicher ist als ich je gedacht hatte.

„Ich auch nicht", flüstere ich atemlos und schaue überall hin außer zu ihm.

„Wie hast du die Empfänger ausgewählt?", fragt er ruhig, die Stimme weich und wieder ganz der Geschäftsmann. Das hilft. Ich konzentriere mich wieder auf die Unterhaltung, die er führt wie ein Mann, der kurz davorsteht ein Geschäftsabkommen zu schließen.

„Ich habe die sozialen Medien, örtliche Listen von aktuellen Zwangsvollstreckungen und Registrierungen bei privaten Geldeintreibern per Software durchsucht. Solche Sachen." Ich spiele es runter. Die Software, die ich gecodet habe, um die dunklen Geheimnisse der Washingtoner Milliardäre auszugraben, hat auch die Leidenden und Gefährdeten der Umgebung ohne Probleme aufgespürt.

Tatsächlich hat mir die Aufgabe, die Zahl auf 20.000 Empfänger zu begrenzen, wochenlang ziemliche Bauchschmerzen bereitet. Es war, als würde man eine Priorisierung in einem Trauma-Krankenhaus durchführen. „Im Prinzip habe ich die Leute ausgesucht, die ohne mein Eingreifen völlig untergegangen wären."

Er legt den Kopf leicht schief. „Da ist eine Sache, die ich nicht verstehe. Deine Eltern waren ziemlich reich. Wieso hast du nicht einfach dein Erbe von deinem Onkel zurückgestohlen?"

Der Schock, von ihm über meine Vergangenheit zu hören, lässt mich bitter auflachen, bevor ich es verhindern kann. Einen schrecklichen Moment lang sehe ich wieder den Mann in dem schwarzen Anzug das Tor meines Zuhauses abschließen. *Ich frage ihn, wo mein Onkel ist, während ich meinen einzigen Koffer an mich drücke, und er sagt: „Ich habe nicht die leiseste Ahnung", bevor er weggeht und mich allein zurücklässt.*

„Wenn du schon in mein Privatleben eindringst, will ich wenigstens, dass du die wahren Fakten kennst." Für einen kurzen Moment liegt mein Gesicht in meinen Händen, doch dann schaffe ich es mit all meiner Willenskraft den Kopf zu heben.

Er schaut mich an, die Augenbrauen zusammengezogen – mit einem Blick voller empathischer Sorge, die mich schockiert. „Wieso erzählst du mir nicht, was passiert ist?"

„Er hat Freunde und Beziehungen zu Interpol und Scotland Yard, sogar dem FBI. Ich konnte immer nur kleine Summen von dem, was eigentlich mir gehört, zurücknehmen und sein Online-Leben sehr unangenehm machen. Ich konnte mich nie wirklich rächen." Ich reibe mein Gesicht, denn ich möchte nicht, dass er meine aufsteigenden Tränen sieht.

Keine Schwäche zeigen. Wenn du das tust, stürzen

sich die Leute darauf. Ich schimpfe mich innerlich aus, bis ich wieder zur Fassung komme.

„Ich nehme an, du hast zumindest eine Art poetische Rache bekommen?", fragt er etwas drängend, mit nur einem Hauch Wut in der Stimme.

Ich starre ihn an. Das macht es noch schlimmer. Der Mann ist *mitfühlend*. Oder er spielt so gut, dass ich den Unterschied nicht bemerke. Ersteres ist nicht zu glauben. Letzteres macht mir so viel Angst, dass ich nur hoffen kann, dass es nicht wahr ist.

„Was geht dich das an?", fordere ich ihn mit leiser, stechender Stimme heraus.

Er scheint aus einer Art Tagtraum aufzuwachen und lächelt schief. „Ich schätze, das war etwas zu persönlich. Ich kann mich nur nicht mit dem Gedanken anfreunden, dass der Bastard damit davonkommt."

„Oh, er kommt nicht damit davon. Er merkt es nur nicht." Ich gehe nicht ins Detail, was ihn nur noch neugieriger zu machen scheint.

Es stimmt. In den letzten fünf Jahren hat ihn seine Ehefrau wegen Spielschulden, die es eigentlich nicht gab, verlassen, er hat jegliche Chance auf eine politische Karriere verloren, nachdem publik wurde, wie er mich ausgesetzt hatte, und er hat keine Ahnung, wo ein Teil seines Geldes hin verschwindet. Er entwickelt ein Alkoholproblem, was es noch schwieriger für ihn macht den Überblick zu behalten.

Und trotzdem ist es nicht genug. Es ist niemals genug.

„Das ist es also, was du machst. Du spielst die Reichen und Bösen gegeneinander aus oder bestrafst sie individuell, indem du ihr Geld versickern lässt, und beschützt diejenigen, die ansonsten keine Chance hätten, davor in den Abgrund zu fallen." Sein Ton ist zu warm.

Mein Herz scheint für einen Moment stehenzubleiben. Ich schaue durch die Glaswand auf den vorbeifließenden Verkehr und schlucke. „Man fühlt eine gewisse Leere, wenn man merkt, dass niemand auf der Welt sich dafür interessiert, wie es einem geht, und die meisten Leute, die etwas dagegen tun könnten, nur an sich selbst denken."

Er spricht mit einer ruhigen, ernsten Stimme – und vervollständigt meinen Gedanken, während ich langsam meinen Blick wieder zu ihm wende: „Plötzlich musst du auf dich allein gestellt leben oder sterben, vielleicht zusammen mit den Verbündeten, die du auf dem Weg findest. Du musst lernen stark zu sein, auch wenn du Angst hast. Und die ganze Zeit schmerzt dich jeden Tag das einzige bisschen Menschlichkeit, das du aufrechterhalten kannst – dein Gewissen, deine Prinzipien – und vielleicht bringt es dich eines Tages um."

Ich schlucke. Mein Mund ist schmerzhaft trocken. „Woher weißt du das?"

„Ich habe es auch durchgemacht." Nun schaut er weg und ich merke, dass er auch Probleme damit hat, mir zu vertrauen, auch wenn er versucht sie hinter sich zu lassen.

Oder er könnte mich zum Narren halten. Wie sollte ich das wissen? Ich kann ihm nur vertrauen ... oder nicht. „Bist du deshalb mehr daran interessiert, wie das Geld verwendet wird, als an ... Rache?"

„Teilweise. Der andere Teil ist, dass wir anscheinend eine Weile zusammenarbeiten werden, und ich möchte wissen, wie du deine ‚Rettungen' organisierst." Er ist wieder ganz der glatte Geschäftsmann, und ich bin sowohl erleichtert als auch enttäuscht.

„Was willst du wirklich?" Ich bin mir plötzlich unsicher, worauf er hinauswill. Er überrascht mich immer wieder, ich bin mir nicht sicher, ob ich es mag oder nicht.

Ich wünschte, es würde mir nicht so warm ums Herz werden jedes Mal, wenn er die Lippen zu einem Lächeln verzieht.

„Ich will dich", sagt er, die drei Worte schießen durch meinen Körper und jagen einen Blitz in meinen Magen.

Was?

Er fährt in einem amüsierten Tonfall fort: „Ich

mache selbst viel Spendenarbeit – unauffällig, damit ich nicht ständig um Spenden gebeten werde. Ich würde es nicht unterstützen, in die Konten von Menschen einzubrechen, um ihre finanziellen Angelegenheiten zu regeln, aber ich muss zugeben, ich bin beeindruckt von deiner bisherigen Arbeit."

Beeindruckt? Ich bin immer noch argwöhnisch. Ich bin es nicht gewohnt Komplimente zu bekommen, und meine Wangen brennen schon wieder. „Wieso?"

„Du bist organisiert und sorgfältig. Vielleicht nicht sorgfältig genug, ansonsten würden wir nicht hier sitzen, aber ich nehme an, dass das daran liegt, dass du dir ständig mehr vornimmst als du schaffen kannst." Er hält den Stapel Blätter hoch. „Dein Plan ist ehrgeizig, aber ich bezweifele, dass du ihn alleine auch nur einigermaßen schnell erfüllen kannst."

„Ich bin bereit, so lange daran zu arbeiten wie es nötig ist", werfe ich ein.

„Ja, und ich bin mir sicher, du bist so schnell wie ordentlich. Aber wenn du auch nur zwanzig Minuten für jede Familie oder Einzelperson aufwendest, kannst du nicht mehr als einem Dutzend Menschen oder so pro Stunde helfen. Das sind einhundertzwanzig Menschen in einer Zehn-Stunden-Schicht. Wie viele Leute sind auf deiner Liste?!"

Vertraue ihm. Erstmal. „20.000."

Er pfeift leise. „Dafür wirst du 167 Tage brauchen,

wenn du jeden Tag arbeitest. Du sagst, dass diese Menschen *jetzt* Hilfe brauchen. Ich möchte dir ein Angebot machen."

„Was für ein Angebot?" Ich weiß nicht, ob meine Alarmglocken schrillen, weil er so viel Vertrauen von mir verlangt oder weil ich es ihm plötzlich so sehr entgegenbringen will.

Ich habe mir so sehr jemanden gewünscht, besonders einen Mann, der mich versteht – wirklich versteht, wie es die Spinnen-Jungs taten, bevor die Polizei meine Hacker-Patchwork-Familie in alle Himmelsrichtungen zerstreut hat. Ich habe so lange davon geträumt. Ich habe nur nie versucht es tatsächlich zu erreichen, denn was weiß ich noch über menschliche Beziehungen außerhalb des Internets?

Doch plötzlich ist da dieser umwerfend gutaussehende Mann, dem ich absolut nicht vertrauen sollte, und der mich doch so sehr versteht.

Die Kellnerin kommt und fragt nach unseren Wünschen. Drake blickt zu ihr hoch und sagt: „Die Karte in fünf Minuten", woraufhin sie nickt und geht.

Er dreht sich wieder zu mir. „Ich greife gerne in die Leben von bedürftigen Menschen ein, ähnlich wie du, weshalb ich seit Jahren still und heimlich Menschen über Spendenseiten fördere. Doch so befriedigend wie das auch ist, ich habe ein ähnliches Dilemma wie du: Der Tag hat nicht genügend Stunden, um all den Menschen zu helfen, denen ich gerne helfen würde."

Ich ziehe die Augenbrauen hoch. „Also ... wie jetzt? Wir arbeiten zusammen, um das hier hinzubekommen?"

„Ja." Er lehnt sich zu mir über den Tisch, seine Augen leuchten. „Ich will einsteigen bei dem, was du machst. Ich will mitmachen. Ein Drittel des Geldes kommt schließlich von mir, und wenn du meinen Deal annimmst, wirst du ab jetzt nur noch mein Geld verteilen."

Ich starre ihn wieder an. Ich blinzele und wende den Blick ab. „Ich kann dir nicht ganz folgen."

„Wenn erstmal alle Dinge hier geregelt sind und dieser ... Zwischenfall ... hinter uns liegt, möchte ich, dass du exklusiv für mich arbeitest, mit einem Vertrag von mindestens drei Jahren. Ich gebe dir ein Budget, ein Büro und ein Team, das unter dir arbeiten wird. Wir geben deinen 20.000 die Hilfe, die sie benötigen, und dann helfen wir 10.000 Menschen pro Jahr."

Das kann nicht sein Ernst sein!

Aber ... was, wenn doch? Ich atme zitternd ein und schaue nach unten. „Kann ich darüber nachdenken?"

„Natürlich. Allerdings ist das Angebot in 48 Stunden vom Tisch." Seine Stimme ist warm und fest, und einen Moment lang bleiben meine Augen an der Form seiner Lippen hängen während er spricht.

Ich ertappe mich dabei, wie ich mich frage, wie sie sich wohl auf meiner Haut anfühlen würden und schnappe nach Luft, dann schaue ich weg. „Natürlich."

Wir bestellen beide Steak und dunkles Bier und unterhalten uns über unverfänglichere Themen während wir essen. „Warum eigentlich grün?", fragt er mich, „Es ist zwar interessant und gepflegt, aber nicht gerade unauffällig."

Ich zucke leicht zusammen, aber er lächelt mich freundlich und ohne Urteil in seinen Augen an. Mein Magen entspannt sich ... und dann entspanne ich auch meine Abwehrhaltung. „Meine natürliche Haarfarbe ähnelt der meines Onkels zu sehr", sage ich schlicht. „Und ich wollte ein Zeichen setzen."

„Was für ein Zeichen?" Seine Augen verschmälern sich vor Vergnügen, das neckische Grinsen lässt mich meine Knie unter dem Tisch zusammenpressen. „Du siehst aus wie ein Punk. Ein sexy, gutgekleideter Punk."

„Ich bin ein Punk", antworte ich herausfordernd, „ein Cyberpunk. Aber das bedeutet nicht, dass ich keinen Geschmack haben kann." Ich werfe meinen Kopf zurück – und bemerke dabei etwas, das mein Herz noch schneller schlagen lässt.

Seine Augen folgen dem Schwung meiner Haare, wie sie über meine Schultern fallen und sich legen, und ich sehe einen Glanz in ihnen, wie eine Art Bernstein. „Und den hast du", antwortet er mit leiser werdender Stimme, wie ein Schnurren, „und Schönheit auch."

Ich schaue weg, meine Wangen brennen wieder, und ich spüre Panik in mir aufkommen. *Er hat mich um den Finger gewickelt. Gestern war er mein Ziel. Heute spricht er als wolle er mich einstellen – oder ficken. Vielleicht beides.*

Dass ein Mann mich schön oder sexy nennt, ist nichts Neues für mich. Das passiert ständig, wenn ich Männer in Bars, Clubs oder auf der Straße treffe – Typen, die auf der Suche nach der Miss Right sind und keine Lust haben, dafür mehr als ein billiges Kompliment aufzuwenden. Aber das hier ist … anders. Ich spüre es bis in meine Zehenspitzen.

Vielleicht ist es seine Vorstellung von Rache, mich mit der Aussicht auf Geld, Sex und Zuneigung zu verführen, nur um mich dann wie eine heiße Kartoffel fallen zu lassen, wie mein Onkel. Drake ist aufmerksam genug, um zu wissen, wie sehr mir das wehtun würde.

Oder vielleicht ist er einer dieser Typen, die dich anschmachten, während sie die ganze Zeit planen, dir ein Messer in den Rücken zu stechen.

Oder vielleicht ist er ehrlich. Irgendwie jagt mir diese Möglichkeit am meisten Angst ein. Weil ich keine Abwehrmechanismen gegen Ehrlichkeit habe.

Ich weiß kaum noch, was das überhaupt ist. Nicht, seit die Spinne starb.

„Mach das nicht. Das ist nicht fair", murmele ich voller Unbehagen und beschäftige mich mit einem weiteren Bissen Steak. Ich fürchte plötzlich, nicht mehr viel Zeit für mein Essen zu haben. Werde ich abhauen müssen? Mein Herz klopft wieder.

„Wie bitte? Was ist nicht fair?", fragt er mit solch unschuldiger Stimme, dass es wehtut.

„Mach mich nicht an." Meine Hände zittern. Ich verstecke sie auf meinen Knien.

Er schaut mich verwundert an. „Wieso nicht? Bist du in einer Beziehung?"

„Ich weiß, dass du nur versuchst, mich aus der Fassung zu bringen, damit ich tue, was du willst. Das ist nicht nötig. Sei einfach direkt und mach nicht ... sowas." Ich atme tief durch.

„Denkst du, dass es das ist, was ich tue?" Ein ungläubiges Lachen schwingt in seiner Stimme mit, aber sobald er mir in die Augen schaut hält er inne. „Oh. Anscheinend ja. Tut mir leid, dass ich dich durcheinander gebracht habe, aber das ist wirklich nicht meine Absicht."

„Was ist dann deine Absicht?" Ich verstehe es immer noch nicht.

„Es ist simpel. Wenn du so einen guten Job machen kannst wie ich glaube, dann will ich dich in meinem

Team. Unabhängig davon ist es mir nicht entgangen, wie attraktiv und charmant du bist."

Er zwinkert, und ich fühle wie mir der Atem in der Lunge gefriert und meine Zehen sich zusammenkrallen. „Oh", murmele ich und esse mechanisch weiter.

Oh Gott. Oh Scheiße. Was mache ich jetzt?

Er schaut mich eine Weile an und sieht nun noch neugieriger aus als zuvor. „Du datest nicht wirklich, oder?", fragt er letztendlich und ich schüttele den Kopf.

„Keine Zeit." *Keine Erfahrung. Auch kein Vertrauen.*

„Du bist also nicht daran gewöhnt, dass Männer dich attraktiv finden." Er schaut mich weiterhin an.

„Nur, wenn sie mich ausnutzen wollen. Du ... du hast genügend Gründe, dich an mir zu rächen. Ich versuche mich immer noch daran zu gewöhnen, dass du wirklich ... unterstützen könntest, was ich tue. Dass du mich nicht f—"

Er grinst und ich breche den Satz ab. Ich habe das Gefühl, dass er mich gerne ficken würde, wenn ich es erwähnen würde, doch das ist nicht ... was ich eigentlich meinte.

„Es ist mir ziemlich egal, was durch diese Sache mit mir passiert", gebe ich zu, „aber ich will nicht, dass es passiert, bevor ich meine Arbeit abschließe. Also muss ich vorsichtig sein. In ... *jeder* Hinsicht."

„Ich verstehe." Er scheint amüsiert und nicht im

geringsten abgewimmelt. Er lehnt sich einfach zurück und sagt: „Alles klar. Wie wäre es, wenn du mal eine Nacht darüber schläfst, und ich schaue mir deine Arbeit mit diesen ... Kunden an. Wir sprechen uns morgen."

Ich nicke schnell und stochere in meinem Essen. „Klingt fair." Ich frage mich jedoch, ob dieser andere ...Vorschlag ..., der implizierte, der mich mindestens so sehr wie der erste schockiert hat, auch noch einmal auf den Tisch kommt.

Der bloße Gedanke daran macht mir klar, dass ich heute Nacht sehr viel Arbeit über die Bühne bringen werde, denn der Gedanke, dass er mich *so* haben will, wird mich aus ganz neuen Gründen wachhalten.

Spielt er mit mir? Kann ich ihm vertrauen? Sein Lächeln ist undurchdringlich, und doch habe ich das Gefühl, dass diese Augen direkt in mich hinein sehen können. Bis hin zu dem Mädchen, das zusammengerollt in einem Pappkarton liegt und betet, dass kein Mann ihr wieder wehtut.

8

Drake

Ausnahmsweise habe ich keine Albträume, als ich einschlafe. Stattdessen bewege ich mich im Dunkeln vor und zurück auf meinem Bett, vollkommen verknäuelt mit der Frau in meinen Armen.

Wir sind verrückt nach einander, schnappen nach Luft, unsere Gliedmaße ineinander verschlungen. Sie wimmert und drückt sich gegen mich als ich ihre Beine öffne. Ihre Hüften heben sich in langsamen Kreisen, während sie sich anbietet.

„Hör nicht auf", wispert sie in mein Ohr und greift nach mir. Ich dringe in sie ein und Energie fließt durch meinen Körper, Lust strömt durch meine Hüften in den restlichen Körper. Sie stöhnt, ihre Fingernägel graben sich in meine Schultern, und ich reite sie näher und näher zum Höhepunkt der Ekstase.

Im Traum wirft sie den Kopf zurück als sie kommt, und ich sehe die seidige Mähne smaragdfarbenen Haares einen Augenblick lang, bevor mein eigener Körper abhebt.

Ich schreie mich selbst wach in dem schummrigen Raum, befreie mich von der Decke, meine Hüften drücken nach oben gegen nichts. Meine Stimme schallt von den Wänden und ich merke, dass ich allein bin. Der Höhepunkt lässt mich zitternd vor Lust zurück, selbst als die Enttäuschung einschlägt.

Ich falle zurück auf meine Matratze, verschwitzt und kribbelig, jedoch unerfüllt. Ich liege einen Moment lang schwer atmend da und weiß zwar, dass ich eine Dusche brauche, aber sehne mich immer noch nach der Frau in meinem Traum. Die, die mir Unrecht antat, die ich gerade erst kennengelernt habe ... an die ich ununterbrochen denken muss.

Robin. *Verdammt noch mal, diese Frau bringt Probleme*, denke ich einen Augenblick lang, bevor ich den Nebel aus meinem Kopf vertreibe und mich aus dem Bett quäle.

Aber ich mag ihre Art von Problemen.

Ich bin in der Dusche, als mein Telefon klingelt. Ich dusche mich zu Ende, wickele mich in einen Bademantel und gehe gähnend nach draußen, um zu sehen, wer es ist. Das Telefon hört nicht auf zu klingeln, bis ich abhebe. „Es ist halb fünf morgens."

„Ja, Sir." Es ist einer der Sicherheitsmänner, und er klingt verdammt nervös. „Tut mir leid, Sie zu stören, Sir, aber hier unten sind zwei sehr große, italienische Männer."

Ich blinzele langsam. Shit. Los geht´s. „Alles klar. Lassen Sie sie hochkommen. Begleiten Sie sie nicht, und melden Sie John, dass wir ein Szenario Sechs haben, sobald sich die Aufzugtüren hinter ihnen schließen.

„Ja, Sir." Er legt auf. Seufzend ziehe ich einen guten schwarzen Anzug an und lege meine Beretta in Reichweite.

Fünf Minuten später geht die Tür auf und zwei von Don Roccos Eintreibern kommen herein. Ich hätte sie sofort erkannt, anhand ihrer enormen Größe und wie die Schulterholster sich unter ihren schlecht sitzenden Anzügen abzeichnen. Sie kommen herein und bleiben stehen, der Größere, Ältere kneift die kleinen Augen zusammen als er mich mustert, offensichtlich überrascht, dass ich ruhig und allein an meinem Schreibtisch sitze.

„Kann ich den Herren irgendwie behilflich sein?", frage ich ruhig und stehe auf. Die Pistole glänzt neben meiner Tastatur – ich habe sichergestellt, dass sie sie aus ihrer Position nicht sehen können.

Sie schauen einander an und kommen zu mir. Sie beugen sich mit verschränkten Armen über den Schreibtisch. Ich lehne mich zurück, während sie näherkommen, und lasse die Pistole in meinen Schoß gleiten. Keiner von ihnen scheint es zu bemerken. Der Kleinere, der eine Narbe auf einer Seite des Kinns hat, macht einen Schritt nach vorne und beginnt zu sprechen.

„Wir sind hier als Repräsentanten von Mr. Marcone. Ich nehme an, du weißt, von wem ich spreche." Sie klingen übertrieben selbstsicher. Sie scheinen vergessen zu haben, dass sie sich in einem stark gesicherten Gebäude befinden und nur so weit gekommen sind, weil ich es erlaubt habe.

„Ja, das weiß ich, und ich habe keinerlei Geschäftsbeziehungen mit ihm, sodass ich mich wundere, wieso er diesen überraschenden morgendlichen Besuch arrangiert hat." Ich spiele den Unschuldigen, genauso ruhig und selbstsicher wie die beiden.

„Oh, ich denke schon, dass du das weißt", kommt die nahezu sarkastische Antwort, und ich bemühe mich nicht aufzubrausen. So viel Ego in diesen Männern – und so wenig Kompetenz, um es zu rechtfertigen.

„Schauen Sie", sage ich und zeige auf die kleine Bar, die ich neben meinem Schreibtisch habe, „lassen Sie uns einen Augenblick lang so tun, als sei es vor

Morgengrauen, als hätte ich nicht genügend geschlafen und Kaffee getrunken, und euer Boss und ich hätten niemals ein Problem gehabt. Oh, warten Sie, das ist ja die Wahrheit. Also, bitte entschuldigen Sie, dass ich mir nicht ganz sicher bin, wo ich Ihrem verehrten Boss auf den Schlips getreten bin."

„Ihm wurden einige von diesen Bitcoin-Dingern gestohlen", seufzt Narbengesicht. Er nickt in Richtung Verprügler, der zur Bar geht und zwei Gläser zur Hälfte mit achtzig Jahre altem Scotch füllt. „Unser IT-Typ hat sie zu deinem Account verfolgt."

Ich blinzele, und dann – nachdem ich sichergestellt habe, dass die Pistole auf meinem Schoß versteckt ist – öffne ich den Laptop und gehe in den betreffenden Bitcoin-Account. Ich werde teilweise offen und transparent in dieser Sache sein ... teilweise. Wenn ich eine Kulisse aufstelle, dann wird sie so nah an der Wahrheit sein, dass nur Robin von ihr verdeckt wird.

Robin. Ich bin mir nicht sicher, wieso ich sie beschütze; vor allem, weil ich weiß, dass Marcone auf der Suche nach einem Schuldigen ist. Es ist nur so, dass sie und ich uns in so vielen schmerzhaften Dingen gleichen ... und sie seine Rache nicht verdient.

Ich denke nicht, dass sie in ihrem Leben viel bekommen hat, das sie tatsächlich verdient. Aber vielleicht kann ich dabei helfen, das zu ändern.

Um es kurz zu machen: Ich mag sie. Ich will ihre Talente für meine Arbeit haben und ihren grünen Wuschelkopf in meinem Bett. Und nichts davon wird geschehen, wenn ich sie Marcone überlasse. „Ich möchte Ihnen einige Transaktionen von meinen Bitcoin-Accounts von vor vier Tagen zeigen. Das sind vertrauliche Informationen, also bitte teilen Sie sie nur mit Ihrem Arbeitgeber."

„Selbstverständlich." Sie scheinen verwirrt davon zu sein, dass ich sie mit der ruhigen, respektvollen Formalität von Geschäftstransaktionen behandele. Vielleicht sogar erleichtert. Beide Männer stellen sich hinter mich, und nachdem ich ein Programm gecodet habe, das meine privaten Informationen unlesbar macht, zeige ich ihnen das Fenster.

„Vor etwa vier Tagen erhielt ich eine Warnung von meinem IT-Team, dass meine Konten bestohlen worden waren. Doch bevor das geschah, erhielt ich eine Überweisung von Bitcoins aus unbekannter Quelle. Das Geld wurde dann innerhalb von einer Stunde zusammen mit 20.000 meiner eigenen Bitcoins auf ein anderes Konto weitergeleitet."

Ich zeige ihnen die Transaktionen. Der Große grunzt und schaut zu seinem Vorgesetzten. „Die Zahlen passen zu dem, was der Boss verloren hat", grummelt er.

„Ok, also packt jemand einen Haufen Geld auf

dein Konto und zieht dann das und einen Teil deines Gelds ab, um es woanders hin zu schicken. Weißt du, wohin?" Sie kehren zu ihren Stühlen zurück und ich entspanne mich etwas. Sie haben die Pistole nicht bemerkt.

Ich zögere eine Millisekunde, dann erinnere ich mich, dass sie es bemerken werden, wenn ich zu lange brauche. *Sie werden die anderen Transaktionen zu Yoshida verfolgen, egal, was ich mache. Aber ich werde nicht derjenige sein, der ihn in die Sache hineinzieht – ein unverdienter Feind ist mehr als genug.* „Wir untersuchen noch, wohin das Geld von dort gegangen ist. Aber Ihr Boss und ich könnten nur ein Teil einer Kette solcher Transaktionen sein."

„Also, wer auch immer das ist, sie oder er hat mehrere Leute auf einmal beklaut und das Geld dabei durch deren Konten geleitet?" Narbengesicht ist schlau. Vielleicht zu schlau. *Vorsicht mit ihm.*

„Wenn meine Theorie stimmt, ja."

Der Große verzieht das Gesicht. „Der Boss will sein Geld und die Hand von dem, der hinter dieser Sache steckt. Aber wenn das hier ein Trick ist, dann bringen wir ihm die falsche Hand, und der richtige Dieb kommt ungeschoren davon."

„Schauen Sie, meine Herren", sage ich ruhig, während ich die zwei Idioten dabei beobachte, wie sie meinen guten Scotch herunterschütten wie Wasser.

Bei diesem strömenden Regen werden sie wahrscheinlich ihr Auto verschrotten, wenn sie weiter so trinken. Aber ich bin nicht dafür zuständig, diese Kerle davor zu bewahren, an ihrer eigenen Dummheit zu sterben.

„Abgesehen von dem, was ich Ihnen gerade gezeigt habe, habe ich die beiden besten Gründe der Welt, nicht Ihr Dieb zu sein. Der erste ist, dass ich Mr. Roccos Geld weder will noch brauche. Der zweite ist, dass ich Mr. Rocco sicherlich nicht als Feind haben will oder brauche."

Ich warte, während die beiden sich zurücklehnen und sich auf Italienisch beraten. Ich verstehe jedes Wort, aber ich sitze still da und tue so, als verstünde ich nichts.

„Schau, die Kontonummer passt, die Beträge passen und die Transaktionszeiten passen auch. Ich weiß, dieser Steele-Typ hat angeblich ordentlich Mumm in den Knochen. Aber er würde uns nicht einfach so dieses sensible Zeug zeigen, was ihm später Probleme machen könnte, wenn er nicht wirklich glauben würde, dass er uns damit loswird." Narbengesicht reibt sich das Gesicht und lockert seinen Kragen. Seine Wangen sind rosa. Der Scotch wirkt.

Der Hüne nickt langsam. *„Schau, Cousin, wir werden nicht dafür bezahlt, Ärger durch die falsche Tür zu bringen. Aber wenn wir dem Boss nicht bald einen Schuldigen* *präsentieren, wird er seinen Ärger wahrscheinlich an uns auslassen."*

„Das wird er nicht tun, Joey, wir sind seine Männer. Er wird uns Zeit geben, den richtigen Schuldigen zu finden."

Doch Narbengesicht hat da so seine Zweifel. Ich sehe es in seinen Augen.

„Aber was, wenn wir den Richtigen nicht finden?"

Narbengesicht schielt zu mir rüber, ich lächele unschuldig. *„Dann geben wir ihm den nächstbesten Verdächtigen."*

Als sie weg sind, gieße ich mir die übrigen zwei Finger breit Glenmorangie in mein eigenes Glas und genieße es tief durchatmend, während ich meine innere Mitte wiederfinde. Ich rufe die Rezeption an, um die Alarmstufe zu verringern, anschließend rufe ich John an.

„Es ist sehr wahrscheinlich, dass Marcone in der nächsten Woche einen Trupp schickt, um sich meine Hand zu holen." Meine Stimme ist leise und hart, und ich höre ihn tief einatmen.

„Ich habe es fast erwartet, als du heute Nacht den Code Sechs ausriefst. Der Helikopter ist getankt und startbereit auf dem Dach, scharfe Munition wurde verteilt und wir haben Verstärkung und medizinisches Personal abrufbereit."

„Alles klar. Geh vorerst auf einen Code Vier runter. Halte den Helikopter startbereit, außer der Wind wird stärker und bringt ihn in Gefahr. Ich fliege ihn selbst weg, wenn es nötig wird. Ich will Verstärkung weiterhin auf Abruf, aber lass sie nach Hause gehen und eine Runde schlafen." Ich nehme einen weiteren Schluck Scotch.

„Ich will, dass nur die Gruppenführer ihre scharfe Munition behalten, und durchsuche die Spinde der anderen. Ich will keine nervösen Anfänger, die plötzlich schießwütig werden." Ich reibe mein Kinn. „Ich werde meinen Panic Button griffbereit halten, nur für den Fall der Fälle."

Manche Männer haben Panic Rooms. Ich habe ein Panic Penthouse. Die Außentüren lassen sich verschließen wie ein Bank-Safe, wenn die Totalverriegelung aktiviert wird, das gepanzerte Fensterglas lässt sich verspiegeln, damit Scharfschützen meine Position nicht erkennen können, und ich habe einen Fluchttunnel, der zum Hubschrauberlandeplatz über uns führt.

Ich habe Lebensmittel und andere Vorräte für sechs Monate, einschließlich Luxusartikel – von Kosmetika über Massageöl bis hin zu meinem Weinkeller. Ich habe solar- und windgespeiste Batterien für das Haus, die meine Elektrizität sicherstellen, Zugriff auf einen Satelliten, um Konnektivität sicherzustellen, und einen Notfallwassertank, der fünf Personen einen Monat lang versorgen kann. Wenn Marcones Schlägertruppe denkt, ich sei ein einfaches Ziel, werden sie bald merken, dass sie da falsch liegen.

„Was wirst du tun, während wir alles vorbereiten?" John tippt etwas während wir sprechen. Ich nehme an, er schreibt an seine vier Assistenten.

„Ich werde die Hackerin hinzuziehen, die dieses Chaos überhaupt verursacht hat, damit sie Marcone abschüttelt. Sie hat ihn zu mir geführt", sage ich fest und versuche zu vergessen, dass die Vorstellung, Robin heute Abend hier zu haben – allein – mich erregt, „also kann sie ihn verdammt nochmal auch wieder wegführen."

9

Robin

Ich versuche nicht zu starren als ich Drakes Museum von einem Penthouse betrete, aber es gelingt mir kaum. Noch nie habe ich einen derartigen Ort gesehen. Die Decken sind sechs Meter hoch und türmen sich zu Kuppeln auf, die mit verspiegelten Mosaiks und eingelassenen Lampen besetzt sind, jede Kuppel ist durch Pfeiler aus poliertem Holz gestützt. Der Boden ist eine 4.000 Quadratmeter große Fläche aus Parkett, mit verstreuten Inseln aus Möbeln und dicken Perserteppichen.

Abgesehen vom Bad ist sein ganzer Wohnbereich zu sehen – die Frühstücksecke neben der Edelstahl- und Kupfer-Küche, der Whirlpool, das riesige Bett mit schwarzen Laken. Am Eingang wird man von einem enormen Schlachtschiff von einem Schreibtisch aus Stahl und Holz begrüßt; dort steht er als ich hereinkomme.

„Danke, dass du so schnell gekommen bist", sagt er müde, und ich fühle einen Schwall von Schuldgefühlen, der mich aus meiner Träumerei zieht. „Du sagtest, du seist bereit alles zu tun, um Marcone für mich loszuwerden. Es scheint, als hätten wir nicht viel Zeit."

„Das werde ich." Ich gehe langsam herüber und massiere meine Schläfen. Er hat mir bereits von seinem Zusammentreffen mit Marcones Schlägern berichtet. „Ich hätte es nicht riskiert, hierher zu kommen, wenn ich nicht fest entschlossen dazu wäre."

„Gut zu wissen. Diese Gebäude ist allerdings in der Lage, der Besetzung von einer kleinen Armee standzuhalten." Er klingt stolz, und ich schaue zurück auf die riesigen Türen, durch die ich gekommen bin.

„Das glaube ich sofort." Ich blicke erneut um mich. „Was ist dein Fluchtweg?"

„Versteckter Tunnel zum Dach, wo ein Hubschrauberlandeplatz ist. Ich fliege weg." Er scheint mich damit beruhigen zu wollen, dass ich hier sicher bin. Ich kann hier sicher *bleiben*, selbst wenn Marcones Männer uns beide verfolgen.

Vielleicht will er, dass ich bleibe. Zumindest für eine Weile.

Ich schaue zu dem riesigen Bett mit seinem

geschnitzten Holzrahmen und den enormen Pfosten. „Du ... bist nicht wirklich auf Gäste vorbereitet", murmele ich.

„Ich hatte bisher nur Liebhaberinnen für eine Nacht hier", gibt er zu und seine dunklen Wimpern werfen kurz einen Schatten auf seine Augen. „Aber, ... wenn sich die Dinge nicht in die Richtung entwickeln, habe ich ein gemütliches Sofa."

„Ich habe schon weitaus schlechter geschlafen", sage ich grinsend, und er kichert und schüttelt den Kopf.

„Wenn dein Hacking-Job gegen Marcone so lange dauert, dass wir schlafen müssen, nimmst du mein Bett." Sein Lächeln verbreitet sich und wird ein winziges bisschen listig. „Ob ich auch darin bin oder nicht, ist deine Entscheidung."

Sowohl seine Galanterie als auch sein direktes Flirten verschrecken mich, sodass ich schweige. Meine Wangen kribbeln schon wieder. *Verdammt.*

„Ich bin verwundert, dass du nicht wütend auf mich bist", gebe ich vorsichtig zu. Ich warte immer noch auf den Haken in den ganzen Ködern, die er auswirft – die Falle hinter diesen komischen, gefährlich ablenkenden, guten Gefühlen.

„Wenn du nicht sofort gekommen wärst, um das hier wie versprochen in den Griff zu bekommen, wäre ich wütend auf dich. Aber du bist gekommen. Außerdem, selbst wenn ich wütend auf dich wäre, ich weiß, dass du letztendlich das Richtige tun würdest."

Er starrt mir in die Augen. Mein Mund ist unglaublich trocken. Ich merke plötzlich, dass ich mich gar nicht an den Schreibtisch gesetzt habe, sondern stattdessen bei ihm stehe, näher als erwartet.

Plötzlich fühlt es sich an, als würden unsichtbare Wellen warmen Stroms zwischen uns hin und her wogen und mich zu ihm ziehen. Er kommt ein wenig näher und beugt sich leicht über mich. „Ich habe dich nicht falsch eingeschätzt, oder?", fragt er fast schon sanft, und mein Herz schmerzt.

„N-nein." Ich atme tief ein und fühle mich beschwingt und gleichzeitig voller Angst. Ich will, dass er nah bei mir ist, aber ich bin nicht mehr daran gewöhnt, berührt zu werden. Körperlicher Kontakt fühlt sich immer noch gefährlich an nach so vielen Jahren der Einsamkeit.

Ich versuche, ruhig zu bleiben und das hier einfach ... passieren zu lassen. Aber nach ein paar Sekunden fühle ich mich überwältigt. Die Tränen gewinnen langsam die Oberhand.

Er bemerkt es und zieht sich etwas zurück. Ich schaue schüchtern zu seinem Computer herüber. „Wir sollten ... uns an die Arbeit machen", sage ich leise.

Er nickt, lächelt und weist auf seinen Stuhl.

Ich fühle mich wie ein Kind in seinem riesigen

braunen Leder-Chefsessel. Ich sinke tief in die Kissen, das weiche Material lässt die Rückenschmerzen verschwinden, an die ich mich schon lange gewöhnt habe.

So viel Luxus. Das ist die einzige Sache, die ich bisher nicht an Drake mag. Er mag die schönen Dinge so sehr.

Ich weiß nicht, ob er in einer Familie wie der meinen aufgewachsen ist, wo ein gewisses Niveau an Opulenz erwartet wird. Oder vielleicht hatte er nichts und wünschte sich immer ein luxuriöses, sicheres Zuhause. Aber ich kann nicht anders als mich umzusehen und zu denken, dass das Calder-Mobile ein Heim zehn Jahre lang finanzieren könnte. Und der Picasso – 20.

Und doch bin ich die Idiotin, die den ganzen Tag auf einem billigen Schreibtischstuhl verbringt und davon Rückenschmerzen hat, weil ich nicht den Besten gekauft habe; also vielleicht übertreibe ich es mit der Sparsamkeit.

„Also, was ist der Plan?" Er steht hinter mir, eine Hand auf seinem Desktop neben der Maus, die ich benutze. Ich fühle die Wärme seiner Hand neben meiner. Ich atme langsam und flach und versuche zu verbergen, wie sehr es mir gefällt.

Konzentriere dich. „Sie wollen ein günstiges Ziel. Wie wäre es mit Yoshida? Er wird Marcone wahrscheinlich ohnehin konfrontieren." Ich hacke mich in Marcones private Konten. Nicht nur Banken und Bitcoin-Accounts, sondern alles.

„Ich weiß nicht. Ich bin nicht begeistert von der Idee, etwas gegen Yoshida zu unternehmen, was auf mich zurückgeführt werden könnte. Momentan sieht es so aus als hätte er mich beklaut, und ich beschwere mich nicht bei ihm."

Ich beiße mir leicht auf die Lippe, mit einer Mischung aus Frustration und Sorge. „Ok, wen können wir dann beschuldigen?"

„Was, wenn wir einfach den Account frisieren?" Er ist noch näher gekommen. Wenn ich nicht interessiert wäre – wenn er nicht klar wüsste, dass ich interessiert bin – wäre es total unangenehm, ihm so nah zu sein. „Ihn davon überzeugen, dass das Geld noch da ist und der vorherige Kontostand nur eine temporäre Funktionsstörung war?"

Ich lecke mir nervös und nun noch frustrierter die Lippen. „Sorry, aber du verstehst das nicht. Es ist nahezu unmöglich Bitcoins zu klonen, wie du das machen willst, außer es ist eine temporäre Maßnahme."

Ich bin nicht daran gewöhnt, unter Beobachtung zu arbeiten. Seine Maskulinität und die Art, wie er sich über mich beugt, sind höllisch ablenkend. „Wenn wir nicht einen Sündenbock finden, müssen wir ihn davon überzeugen, dass es die Polizei ist."

„Ich will nicht noch jemanden hineinziehen", insistiert er. „Ich dachte, du seist talentiert. Und jetzt sagst du mir, dass du keine Möglichkeit findest das hier friedlich zu lösen, indem du die Zahlen auf Marcones Konto frisierst?"

Ich stehe wütend auf, drehe mich um und stelle mich direkt vor ihn, um ihn zu konfrontieren. „Was ich sage, ist, dass es nicht in einer so kurzen Zeit zu schaffen ist! Mich zu drängeln wird das nicht ändern. Ich dachte, du kennst dieses Business."

Mir fällt ein, dass es ein Fehler ist, ihm so nah zu kommen, aber einen Moment lang bin ich so angepisst, dass ich mich nicht mehr genau daran erinnere, wieso. Bis sich meine Brüste an seiner Brust reiben und ich seinen warmen Atem auf meinem Gesicht spüre.

Ich atme tief ein. „Wenn nicht Yoshida und kein anderes Arschloch, das es verdient – auf wessen Fährte sollen wir Marcone dann locken? Selbst, wenn ich dieselben Bitcoins wieder zurück in seinen Account klone und seine Leute es eine Weile lang als Systemfehler abschreiben, werden diese Fälschungen verschwinden, sobald die Blockchain aktualisiert wird."

„Also *kannst* du ihn austricksen?"

„Ich stemme die Hände in die Hüften. „Ja, kann ich, und es wird uns Zeit verschaffen, aber mehr auch nicht!"

„Dann tu' es", knurrt er mit belegter Stimme während seine Hände gegen meine Handrücken reiben. „Wir müssen uns Zeit verschaffen, ansonsten finden wir nie eine Lösung."

„G-gut", schaffe ich es zu stammeln, mein Herz dröhnt in meinen Ohren. Ich kehre zu meinem Stuhl zurück, mein ganzer Körper pulsiert von dem kurzen Kontakt. Mein Kopf ist so vernebelt, dass ich ordentlich durchatmen muss, bevor ich zurück an die Arbeit gehen kann.

Verführt er mich? Ich schaudere. *Ich habe solche Angst davor, verletzt zu werden.*

Aber würde es mehr wehtun als jetzt? Könnte etwas schlimmer sein als meine einsamen Tage und leeren Nächte? Vielleicht kann ich die Leere eine Zeit lang vertreiben, anstatt sie mich verletzen zu lassen.

Ich beiße die Zähne zusammen und zwinge mich dazu, mich zu konzentrieren. *Du bist nicht sein Typ. Er ist ein reicher Mann, der in einem Palast auf einem Wolkenkratzer lebt. Du bist ein grünhaariger Cyberpunk, der in einem Karton gelebt hat.*

Es dauert nicht lange bis ich Don Marcones gesamtes Online-Leben vor uns habe. „Das ist alles", sage ich leise, „jedes bisschen Dreck am

Stecken – seine Krankenakten, all seine Konten. Von hier aus kann ich viel machen. Deine Entscheidung."

Er ist nun hinter mir und hat eine Hand auf meiner Schulter, während wir das durchschauen, was ich gefunden habe. Das Tropfen des Regens gegen die Fenster erinnert mich an die vielen eisigen Nächte, die ich allein verbracht habe, und ich möchte die Wärme seiner Hand überall spüren, um die kalten Erinnerungen zu vertreiben.

Du hast einen Job zu erledigen, erinnere ich mich und tippe weiter.

„Ok. Die Polizei ist für meinen Geschmack zu langsam, aber wenn du ihnen zuspielst, wo sie einige dieser Informationen finden können, wird unser Freund Rocco bald noch beschäftigter sein."

Ich beginne, E-Mails mit so vielen Informationen über Marcone, wie ich finden kann, an die anonymen Hinweis-Accounts der Polizei zu schicken. Überweisungen auf Offshore-Konten, belastende E-Mails … und von seiner Festplatte einige Nacktfotos von verdächtig jungen Mädchen. „Soll ich auch einige Informationen an Yoshida leaken?"

„Hmm. Yoshida wird ihn verfolgen, egal, was wir machen. Er glaubt, der Don habe ihn bestohlen. Yoshida wird wahrscheinlich eher ein Problem für Marcone als die Polizei, aber wenn er irgendwas hiervon zu uns zurückverfolgt, dann habe ich *zwei* Feinde, die ich nicht brauche."

Ich schaue zu ihm auf und werde schon wieder genervt. „Das wird er nicht. Er wird es dahin zurückverfolgen, wohin ich will, genau wie bei Marcone."

„Das würde ich ja glauben ... außer, dass es durchaus möglich ist, dass du ertappt wirst." Sein Ton klingt fast entschuldigend, aber es tut trotzdem weh. „Das habe ich bereits bewiesen, oder?"

Wieder keimt Wut in mir auf, ich schieße ihm einen Blick zu. „Ich habe dich kontaktiert, oder?"

„Und als du das tatest, kannte ich bereits deinen Namen, deine Geschichte und hatte eine Idee davon, wie du aussiehst." Jetzt klingt er einfach nur noch herablassend – und schlimmer noch, er hat Recht, was mich noch mehr ankotzt.

Seine andere Hand legt sich auf meine Schulter. „Marcone ist ein Idiot. Er ist leicht zu lenken. Aber ebenso wie ich ist Dr. Yoshida kein Idiot. Ich kann es mir nicht erlauben ihn zu unterschätzen."

Der elektrische Strom fließt von seinen Händen in mich hinein und bringt mich zum Zittern vor Verlangen; sogar als er Dinge sagt, die mich nerven. Ich tippe weiter und frisiere die Konten des Dons zu Ende, indem ich sie mit Phantomgeld fülle.

Schließlich lehne ich mich zurück. Fertig. Gerade bekommt die Polizei Infos über die Leichen im Keller des Dons, sein Account ist gefüllt mit Phantomgeld, und meine Suchsoftware sucht nach noch mehr dunklen Geheimnissen über ihn. Das Wissen beruhigt mich so weit, dass ich mich nun mit Drake auseinandersetzen kann.

Ich stehe auf und drehe mich um, um ihn noch einmal herauszufordern, doch diesmal bin ich ruhiger. Und mir seine Wirkung auf mich bewusster. „Nein, er ist kein Idiot. Aber eine anonyme E-Mail mit der Liste, die ich gerade vor zwei Minuten gefunden habe, würde sicherstellen, dass der Don zu sehr damit beschäftigt ist, vor Yoshida wegzulaufen, um sich mit uns zu beschäftigen."

Seine Augen werden schmal. „Was hast du gefunden?"

„Es sieht verdächtig nach einer Liste örtlicher Safehouses des Mobs aus. Wenn Yoshida die in die Finger bekommt, hat der Arsch Marcone kein Versteck mehr." Ich bin stolz, so etwas so schnell gefunden zu haben.

Doch obwohl er nun über mir thront, Augenlider auf Halbmast und ein kleines Zittern tief in seinem Atem, obwohl ich die Wärme seines Körpers durch unsere Kleidung hindurch fühlen kann, da wir so nah bei einander stehen, sieht er weder abgelenkt noch beeindruckt aus.

Höchstens etwas skeptisch. „Ich denke darüber nach."

„Das ist alles?" Nun werde ich richtig genervt. „Du denkst darüber nach?!"

„Ja." Er schaut fest hinab in meine Augen und hat wieder dieses leicht neckische Lächeln auf den Lippen. „Du hast uns Zeit verschafft, wie ich gefordert hatte. Ich werde keine hastigen Züge machen, um eine permanente Lösung zu finden – das hat dieses Problem überhaupt erst verursacht."

Das stimmt – und wieder tut es vor allem weh, weil es wahr ist. Ich schaue zu ihm auf und bewege den Mund.

Sein Gesichtsausdruck wird weicher, als er den Ausdruck in meinen Augen sieht. „Ich habe das nicht gesagt, um dich zu kritisieren, Robin. Ich meine einfach nur ... wir sollten nichts übereilen."

„Ich will einfach nur diesen Typen loswerden", murmele ich und schaue nach unten, „Ich will sichergehen, dass er dir nichts tut wegen etwas, das ich getan habe, verdammt. Denkst du, mir gefällt die Vorstellung, dass Marcone noch mehr Schläger schickt, bevor wir ihn überhaupt davon überzeugen können, woanders zu schauen?"

„Wenn er das tut, dann ist das halt so. Diese Wohnung ist geschützt. Und ich werde alles in meiner Macht stehende tun", er streicht einige Haare hinter mein Ohr und lehnt sich vertraulich zu mir, „damit wir beide vor ihm in Sicherheit sind, selbst wenn er mit einem Panzer hier aufkreuzt."

Ich zittere. Ich sollte mich weglehnen. Ich bewege mich nicht.

„Warum tust du das?", hauche ich und schaffe es endlich, mich etwas von ihm zu entfernen.

Er blinzelt mich an und lehnt sich auf seinen Schreibtisch. „Hat noch nie jemand mit dir geflirtet? Nicht auf der Straße angemacht, nichts Ekliges – einfach nur geflirtet?"

Ich starre ihn hilflos an und murmele schließlich: „Ich interagiere nicht mehr viel mit Menschen. Aber ... nein. Auf der Straße weichen Frauen den Männern aus. Und danach war ich ... beschäftigt."

Es klingt wie eine Ausrede, aber ich will nicht ins Detail gehen – die schmerzhafte Mischung von Einsamkeit und Angst, die in mir sitzt, wenn ich an Männer und Sex denke.

Ich kann mich nicht daran erinnern mit jemandem geflirtet zu haben, der mich nicht entweder verarscht oder versucht hat mich auszunutzen. Spinne und die meisten seiner Jungs waren schwul. Niemand, der sich mir näherte, als ich auf der Straße lebte, hatte gute Absichten. Und Männer im Internet scheinen es zu genießen, so ekelhaft wie möglich zu sein.

Der Anreiz, eine Beziehung aufzubauen, bestand

für mich nie. Der Anreiz, vorsichtshalber allein zu bleiben, bestand immer.

Aber wenn er bei mir ist – wenn er mich berührt – will ich, dass er es noch mehr tut. Es jagt mir Angst ein. Kann ich mir selbst vertrauen? Diesem Gefühl? Ihm? Ist es sicher?

Plötzlich muss ich still Tränen wegblinzeln.

„Hey", sagt er und Sorge zeichnet sich in seinem Gesicht ab, als er mit leicht erhobener Hand auf mich zukommt. Seine Stimme ist weich. „Ich wollte dich nicht zum Weinen bringen."

Ich schniefe und hebe beschämt die Hände. „Schau, ich ... du bist attraktiv, und wenn du wirklich die Art von Mann bist, die du zu sein scheinst – jetzt, wo ich dich kennenlerne – könnte ich lernen, dir zu vertrauen. Aber ich bin einfach noch nicht soweit."

Meine Stimme bricht. Ich schaue vollkommen gedemütigt weg. Ich starre hinaus auf die Stadt und murmele nahezu ärgerlich: „Männer wie du verstehen nicht wie es ist das durchzumachen, was ich durchmachen musste. Du lebst in einem Palast. Du fliegst einen Helikopter. Du gibst das Geld, das ich dir geklaut habe, auf einem Wochenend-Shoppingtrip aus."

„Männer wie ich?", schnaubt er und zieht einen Stuhl heran, um sich neben mich zu setzen, als ich mich wieder auf den Schreibtischstuhl setze. „Du hast keine Ahnung, wie ich bin, außer dem, was ich dir gezeigt habe."

„Und trotzdem erwartest du von mir, dass ich dir vertraue", schieße ich zurück.

Er lehnt sich zurück ... und grinst dann schief. „Weißt du was? Du hast Recht. Frag mich was auch immer du wissen möchtest."

Ich entspanne mich und merke, wie meine Neugierde ansteigt. „Na gut. Ähm ..."

Ich öffne den Mund, um ihn zu fragen, für wen er Geld gewaschen hat, als plötzlich irgendwo im Gebäude ein Alarm angeht. Drakes Handy klingelt im selben Augenblick.

Er versteift sich, einen harten, wachsamen Blick in den Augen, während er sein Handy hervorholt. „Warte kurz, vergiss den Gedanken nicht."

10

Drake

Endlich entwickeln sich die Dinge etwas positiver – sowohl, was das Marcone-Problem betrifft, als auch Robins Vertrauensprobleme – als die Hölle losbricht. „Was ist los?", frage ich, nachdem ich abgehoben habe.

Ich weiß es bereits. Nur nicht die Details.

„Drake, sie sind mit einem Trecker durch die Stahlbarrieren und das Panzerglas gebrochen. Sie sind drin.", höre ich John über den schrillen Alarm schreien, „Zwölf Männer, soweit wir wissen!"

Fuck. „Marcones Männer?"

„Ich denke, ja, aber sie tragen Ski-Masken. Deine Anweisungen?"

In meinem Kopf beginne ich, auf Russisch zu fluchen und Pläne zu schmieden. Bösartige Pläne.

„Plan Omega. In Dreierteams zerstreuen und sie per Guerilla-Taktik außer Gefecht setzen. Verfolge sie konstant über die Sicherheitskameras, um agil zu sein. Kommt ihnen nicht zu nahe. Ich will nicht, dass irgendjemand als Geisel genommen wird."

„Konfrontiert sie nicht am Penthouse. Wenn sie so weit hochkommen, schließt sie ein, stellt den Aufzug ab und ruft die Polizei, um sie abzuholen. Lasst meine Sicherheitstüren ihren Job tun. Wenn sie doch irgendwie durchkommen sollten, steht der Helikopter bereit."

Meine Stimme ist nun kalt und ich höre wieder einen Hauch meines Akzents. Das geschieht, wenn ich unter genügend Druck bin, und jetzt gerade will ich mich an jemandem auslassen und habe kein Ziel, das es verdienen würde. „Ich will jede Minute ein Update. SMS, wenn du nicht sprechen kannst." Ich lege auf.

„Oh mein Gott." Robin zittert neben mir, auf ihrem lieblichen Gesicht zeichnet sich die Furcht eines gefangenen Tieres ab.

Ein Blick auf den Ausdruck von Verzweiflung in ihren Augen lässt mich meine Wut beiseite schieben und ich ersetze sie durch etwas Dringlicheres. Ich halte es nicht aus, sie so zu sehen. Es beeindruckt mich, dass sie mir bereits so viel bedeutet, aber ich kämpfe nicht dagegen an.

Ich wende mich ihr zu und nehme sie sanft in den

Arm. Mit der Hand streichele ich ihren Kopf, während ich sie an meine Brust ziehe. „Es wird alles gut. Bleib ruhig. Ich bin auf das hier vorbereitet."

Sie versteift sich in meiner Umarmung. Dann durchfährt sie ein langer Schauer, sie umklammert mein Shirt und vergräbt ihr Gesicht in meiner Brust. „Was sollen wir tun?"

Ich streichele sanft ihr Haar, bis sie sich beruhigt hat, um zu mir hochzuschauen. „Das Gebäude wird verriegelt und ich bin bewaffnet. Weißt du, wie man eine Pistole benutzt?"

Sie schüttelt den Kopf und wirkt peinlich berührt.

„Alles klar, so wird es laufen: Sie kommen hier nicht rein. Die einzige Möglichkeit, wie wir mit ihnen in Kontakt kommen könnten, ist, dass sie uns auf dem Weg nach draußen abfangen." Ich will sie wieder in den Arm nehmen, aber sie scheint sich beruhigt zu haben – und wir haben keine Zeit.

„Können wir einfach wegfliegen und sie hier zurücklassen, sodass sie nur versuchen, in eine leere Wohnung einzubrechen?", fragt sie und ich halte inne, um zu überlegen. Sie kommt nicht gut mit der Vorstellung einer Belagerung klar. Wenn sie mir etwas bedeutet, sollte ich nicht von ihr verlangen hier zu bleiben, auch wenn es mir selbst nichts ausmacht.

„Zieh deinen Mantel an. Die Temperaturen sinken schnell." Durch die Fenster kann ich sehen, wie der

Regen sich in Schnee verwandelt. "Ich habe ein Safehouse in den Hamptons. Ich fliege uns dorthin und lasse die Polizei und Sicherheitsmänner hier aufräumen."

Sie nickt und geht wackelig zum Schrank neben der Eingangstür, um ihren Mantel zu holen. Ich vermisse bereits ihren warmen, schmalen Körper, wie er sich gegen meinen gedrückt hat. Aber wenn wir erst in den Hamptons sind ... vielleicht will sie ja dann unser Entkommen feiern.

John klingelt mich wieder an. „Wir haben zwei ausgeschaltet und zwei in verriegelten Räumen eingeschlossen. Die Polizei ist auf dem Weg. Ich habe Ihren Heli zum anderen Ende des Landeplatzes geschickt. Zehn Minuten."

„Gut. Weiter so." Ich schaue auf und sehe, wie Robin sich in den kamelfarbenen Mantel wickelt. „Okay", rufe ich zu ihr herüber. „Pack die Computer ein, ich hole meine Pistole. Nichts wie weg hier."

Sie lächelt und nickt, dann eilt sie zurück zum Schreibtisch. „Danke." Die Erleichterung auf ihrem Gesicht tut mir unglaublich gut.

Anscheinend ist es meinem Herzen auch egal, ob ihr Haar grün ist.

Ich wende mich meinem Waffenschrank zu und hole mein Schulterholster und die Berettas heraus, um sie anzulegen. „Ich war schon in zu vielen gefährlichen

Situationen", erkläre ich, „ich vergesse, dass das, was für mich eine Festung ist, sich für jemand anderen wie eine Falle anfühlen kann."

Das Handy klingelt. Wieder ist es John. „Was gibt's Neues?", frage ich – gerade, als ich das laute Rauschen des Hubschraubers näherkommen höre.

„Es kommt ein Helikopter aus Nordosten zum Landen. Ich kann bei dem Schnee nichts Genaues erkennen, aber die Polizei hat mir eine recht baldige geschätzte Ankunftszeit gegeben."

Ich verziehe das Gesicht. Irgendwas stimmt hier nicht. Aber wenn die Polizei früher gekommen ist und Marcones Männer zwischen zwei Teams einkesseln will, ist das kein schlechter Plan. „Versuche, ihnen bei der Landung zu helfen. Wir bleiben hier drin, bis sie angekommen sind."

Ich lege auf und sehe, dass Robin die zwei Laptop-Taschen gepackt hat und meine wie ein Schutzschild vor die Brust hält. „Ok, die Polizei landet auf dem Dach. Ich möchte, dass du mir folgst, aber nicht zu nah. Sie könnten uns anweisen, in Deckung zu gehen, bis sie eine Runde gemacht haben."

Sie nickt und folgt mir auf dem Weg zu der verspiegelten Wand neben meinem Fitnessstudio. Ich drücke auf einen versteckten Hebel, und ein Teil des Spiegels gleitet mit einem Klick nach hinten und zur Seite.

Hinter ihm liegt eine enge Wendeltreppe, die ins Dunkle führt.

„Sind sie bereit für uns?", checke ich mit John.

„Sie sind gelandet", kommt die Antwort, „Rotoren wurden abgeschaltet."

„Alles klar, wir sind auf dem Weg. Ich rufe dich zurück, wenn wir das Gebäude verlassen haben." Ich lege auf. Ich bin mir der Pistolen sehr bewusst, als ich vor Robin die Treppe hinaufsteige, doch ich zücke sie nicht. Wenn die Polizei mich mit einer Schusswaffe in der Hand sieht, könnten sie zuerst schießen.

„Bleib ein bisschen zurück", raune ich ihr zu, als ich das Ende der Treppe erreiche und die schwere Stahltür entriegele.

Ich weiß nicht, wieso ich so vorsichtig bin, als ich meinen Kopf aus dem niedrigen, gebogenen Stahlrahmen strecke. Vielleicht deswegen, weil der Abend – bis auf Robins Anwesenheit – komplett scheiße war. Vielleicht, weil Robin dicht hinter mir ist und ich an ihre Sicherheit denke.

Außerdem habe ich der Polizei nie besonders vertraut. Polizisten können voreingenommen sein. Für das gleiche Vergehen können sie einen Mann mit einem Panzer überrollen und dem anderen auf die Schulter klopfen. Sie können auch bestochen werden.

Ich sehe vier Gestalten aus dem dunklen Innenraum des zweiten Helikopters auf mich zukommen, und einen Augenblick lang hebe ich die Hand, um zu grüßen. Doch dann sehe ich das Glänzen von Waffen in ihren Händen, als sie sie heben.

Und anscheinend können Polizeihelikopter gestohlen werden!

„Fuck!" Ich ducke mich wieder nach innen und ziehe meine Pistole aus dem Holster. „Geh zurück – das ist nicht die Polizei!"

Robin lässt einen ungläubigen Schrei los und ich höre, wie sie die Treppe herunterdonnert. Gut gemacht.

Jetzt zu meinen ungeladenen Gästen.

Ich höre, wie sie auf uns zu rennen und feuere blind um die Ecke – und ich höre Stöhnen und Schreien. Ich leere meine andere Beretta auf die gleiche Weise und höre einen scharfen Schrei und Fluchen. Dann höre ich, wie die gestiefelten Füße nach Deckung suchen.

Ich bin erleichtert, doch da gibt es etwas, das ich vor Robin verstecken wollte. Wir haben ein Problem.

Wenn ich uns einschließe, werden sie wieder abheben und auf die Fenster schießen. Wenn ich sie hereinlasse, könnten sie vielleicht Robin verletzen, und das kann ich nicht zulassen. Ich wäge meine Optionen ab während ich nachlade, unbeeindruckt von alledem.

Außer ...

Das Schießen hat aufgehört. Ich ducke meinen Kopf um die Ecke, um die Lage zu checken, und werde fast direkt zwischen die Augen getroffen. *Ahh, hinterlistige Bastarde.*

Doch das Risiko, das ich eingegangen bin, hat sich gelohnt. Jetzt weiß ich, was zu tun ist. Ich schieße wieder blind, doch in einen ausgewählten Winkel, und höre, wie die Schüsse die Seite des Helikopters durchschlagen.

Ein lautes Plätschern und Gluckern von Flüssigkeit und aufgeregtes Schimpfen auf Italienisch zeigen mir, dass ich ins Schwarze getroffen habe. Mit einem Loch im Tank werden sie unmöglich abheben, und meinen Helikopter kann man nicht kurzschließen – auch wenn ich vermute, dass sie eine Menge Zeit und Energie damit verschwenden werden es zu versuchen, während sie sich ihre Hintern abfrieren.

Ich greife die Tür und knalle sie hinter mir zu, sodass die fluchenden Schläger ausgeschlossen sind. Der Gestank des Treibstoffs füllt den Treppenschacht. Ich halte den Atem an und stecke meine Pistolen zurück ins Holster.

Lachend komme ich zurück nach unten. „Sie sind auf dem Dach ausgesperrt, ohne irgendeine Möglichkeit herunterzukommen, bis die Polizei kommt", sage ich während ich aus der verborgenen Tür trete und sie hinter mir schließe. In meinen Ohren klingt immer noch das Echo der Schüsse, ich fühle mich ein wenig aufgedreht.

Robin starrt mich an. Sie hat die Computertaschen auf den Schreibtisch gestellt und kommt langsam zu mir, die Sorge steht ihr ins Gesicht geschrieben.

Ich zögere. „Was ist los?"

„Du blutest."

Ich schaue an mir selbst herunter – und sehe, dass da ein Loch unter dem Arm meines Jacketts ist. Nun fühle ich auch, dass etwas darunter sticht. Blut sickert langsam durch den Stoff. „Oh."

Verdammt.

11

Robin

Der stärker werdende Schneesturm bedeutet, dass die Polizei sich verspäten wird. Einige der Schläger sind auf dem Dach gefangen, andere im Gebäude. Wir haben keinen Ausweg ... Aber wir können abwarten, bis sie weg sind.

Ich wiederhole all dies im Stillen zu mir selbst während ich Drake auf den Rand seiner riesigen Badewanne setze und vorsichtig sein Jackett, Hemd und Unterhemd ausziehe. Jede Lage hat ein Loch, wo die Kugel durchgeschlagen ist. Ich versuche, nicht auf seinen unglaublich muskulösen, tätowierten Oberkörper zu starren, und mich stattdessen darauf zu konzentrieren, den Stoff ins Waschbecken zu werfen und seine Wunde zu inspizieren.

„Wie schlimm ist es?", ächzt er, als er seinen Arm hebt.

Ich untersuche die Wunde einen Moment lang und lehne mich dann zurück, überrascht und etwas hoffnungsvoller. Er ist nicht ganz der Kugel ausgewichen, aber ... fast.

„Wirklich nicht so schlimm. Es ist lang und oberflächlich und schon am Verkrusten. Aber es muss desinfiziert werden, und du wirst wahrscheinlich einen Bluterguss bekommen." Ich versuche, tapfer zu sein. Blut ist nicht wirklich etwas, an das ich gewöhnt bin. Aber ich will unbedingt helfen. „Wie geht es deinen Rippen?"

Er nimmt versuchsweise einen tiefen Atemzug. „Tun ein bisschen weh. Ich könnte eine angeknackst haben, aber ich spüre keinen stechenden Schmerz und habe keine Probleme beim Atmen. Zwei Zentimeter nach links, und die Kugel hätte ein Stück von mir mitgenommen."

„Ich bin einfach froh, dass du Glück hattest." Ich ziehe meinen Mantel und Stiefel aus, da mir klar ist, dass ich nirgendwo hingehen werde, und werfe sie beiseite, bevor ich mich vor ihn hinhocke, um die Wunde genauer betrachten zu können. Dann greife ich in den Erste-Hilfe-Kasten, der im Schrank war, und nehme einige alkoholgetränkte Wattebäusche heraus.

Er sitzt ruhig da, während ich ihn behandele, und zuckt oder jammert kein einziges Mal.

„Du bist also Russe", kommentiere ich, während ich die Wunde vorsichtig säubere.

„Ja, ich wurde in Moskau geboren. Und bevor du fragst, ich bin nicht mehr Mitglied in der *Bratva*." Sein Russisch ist so perfekt, dass er sogar dieses einzelne Wort in Musik verwandelt. „Doch ich brauchte ihren Schutz als Teenager im Gefängnis, und ich habe viele Jahre gebraucht, um mich wieder herauszukaufen."

Mein Herz hüpft vor unerwarteter Sympathie. *Er hatte keine Wahl?* Das scheint tatsächlich zu dem zu passen, was ich bisher von seinem Charakter gesehen habe; mehr als das, dass er ein besonders geschickter Lügner sein könnte. Aber dann ... bin ich wieder voreingenommen.

„Ich verstehe. Es sind immer noch Gerüchte im Umlauf, dass du aktives Mitglied von ... etwas bist." Die Wunde blutet ein wenig, als ich sie säubere, aber es ist eher ein langer, hässlicher Kratzer als irgendetwas Ernstes. „Denk nicht, dass ich dich dafür verurteile, einen Deal geschlossen zu haben. Vor allem, wenn du noch ein Junge warst, als du reinkamst. Russische Gefängnisse sind berüchtigt."

„Das sind sie wirklich", grummelt er in einer leisen, erschöpften Stimme. Aber ich kann die Erleichterung in seinem Gesicht sehen. War er besorgt, dass ich ihn verurteilen könnte? *Ich enttäusche gerne.*

Ich habe meine Lektion darüber, bei Drake Steele nicht zu übereilten, negativen Schlüssen zu kommen, gelernt.

Ich wasche das Blut vorsichtig von ihm ab, fasziniert von den glatten Rillen der Muskeln an seiner Seite. „Wie fühlt sich das an?", murmele ich abgelenkt.

„Deine Krankenschwestern-Fähigkeiten sind top", schnurrt er und zögert etwas. „Meine Vergangenheit ... macht sie dir nicht zu schaffen?"

Ich muss darüber nachdenken, bevor ich antworte, also vielleicht tut sie das ein bisschen. Letztendlich gebe ich allerdings die Wahrheit zu: „Ich wusste immer, dass du eine Vergangenheit hattest. Ich wusste nur nicht, wie sie aussah." Mein Tonfall ist zärtlicher als ich möchte, aber weniger zärtlich als ich mich fühle. „Ich schätze, wir haben beide eine Vergangenheit, die wir hinter uns lassen wollen."

Er starrt mich einige Augenblicke lang intensiv an, halbnackt über mir. Ich richte mich auf und schaue zu ihm hoch – und er nimmt mich in seine Arme. „Ich bin froh, dass du mich verstehst."

Oh mein Gott, er ist halbnackt. Ich erstarre und schaue zu ihm auf – und fühle sein Herz schnell gegen meine Brüste schlagen. „Ich bin überrascht", murmele ich, während meine Fingerspitzen schüchtern seine

Brust hinauf wandern, „dass du ... wegen mir angeschossen wurdest."

„Nein, ich wurde wegen mir angeschossen. Ich hätte warten sollen, bis ihre verdammten Identitäten bestätigt worden sind, bevor ich die Tür des Dachs öffne." Seine riesige Hand streicht durch mein Haar, und ich fühle, wie die Verspannungen in meinem Nacken sich durch die Liebkosung lösen.

Ich will plötzlich in seine Arme sinken. Wir sind hier drin gefangen, und es könnte Stunden dauern, bevor wir gehen können. Es macht mir Angst – es erdrückt mich. Auf die Rettung durch die Polizei zu warten, klingt fast wie ein Witz, ... aber ich bin jetzt in einer Festung. Sicher. Mit ihm.

Ich will, dass er mir hilft, dieses Gefühl des Gefangenseins loszuwerden, das mich verfolgt. Ich werfe meine Arme um seinen Nacken und lehne mich an ihn – und sein Mund legt sich auf meinen und nimmt mir den Atem.

Seine Lippen und Zunge spielen mit den meinen, provozieren eine Antwort, bis ich ihn genauso stürmisch zurückküsse. Ich bin ungeschickt, nervös. Ich habe keine Ahnung, was ich mache. Meine Beine zittern, und er hebt mich hoch. Ich hänge an ihm wie an einem Felsen im Sturm.

Sein Mund schmeckt nach einer Mischung aus Kaffee, Brandy und Minze, und er hält mich in einer

Umarmung, die zu fest ist, um sie lösen zu können, die jedoch überhaupt nicht schmerzt. Ich spüre das Spiel seiner Lippen mit meinen bis hinunter in meine Schenkel, und plötzlich bin ich außer Atem.

Oh mein Gott, niemals hätte ich mir vorgestellt ... Es ist, als hätte mir jemand eine Droge gegeben, von der ich noch nie gehört habe, und die jeden Zentimeter meiner Haut aufweckt, sodass ich voller Lust und Durst nach mehr bin. Ich wimmere gegen seine Lippen, mein Herz dröhnt in meinen Ohren, mein Rücken biegt sich, um mich stärker gegen ihn pressen zu können.

Als der Kuss endet, weicht er ein kleines bisschen zurück und schaut heftig atmend zu mir herunter. Eine Hand umfasst mein Kinn. „Geht es dir gut?", fragt er mich sehr vorsichtig.

Seine Zärtlichkeit gibt mir mehr Sicherheit als alles andere, trotz der furchterregenden Neuheit. Wenn er all das nur spielt ... was soll´s? Wieso sollte ich mich nicht einfach fallen lassen?

Ich lächele ihn scheu an und nicke, dann küsst er mich noch wilder.

Dann klingelt sein verdammtes Handy wieder.

„Shit. John. Ich hatte es einen Augenblick lang vergessen." Er lächelt mich an, zwinkert und hält sich sein Handy ans Ohr. „Hi. Ich bin am Leben. Das war allerdings nicht die Polizei."

Ich höre eine Männerstimme leise durch den Hörer. „Ja, ich habe sie an der Strippe, sie fragen nach der Lage. Sieht aus, als hätten Marcones Jungs ihren eigenen Heli benutzt. Sie haben eine gefälschte Aufschrift draufgeklebt, die man im Schneesturm nicht richtig sehen konnte. Geht es dir gut?"

„Ich wurde von einer Kugel getroffen, aber es war nur ein Streifschuss. Ich brauche wahrscheinlich nicht mal Stiche. Ich habe hier allerdings etwas zu erledigen …" Er schaut zu mir, mit Glut in den Augen, und sein Griff um meine Taille wird fester. „Außerdem habe ich noch etwas Geschäftliches zu beenden. Gibt es unten Probleme?"

„Einer unserer Männer wurde auf der kugelsicheren Weste getroffen. Er hat Blutergüsse und sein Abendessen verloren, aber er ist bei Bewusstsein. Weitere Verletzte gibt es nur auf ihrer Seite, und nun sind sie gefangen."

Drake lächelt. „Gut. Mach weiter mit der guten Arbeit. Kontaktiere mich von nun an nur, wenn es einen Notfall gibt oder die Polizei tatsächlich ankommt."

„Das könnte eine Weile dauern. Bei dem Schnee können sie nicht fliegen, und die Straßen könnten bald verschneit sein." Ich höre den Mann kichern. „Wir haben die Heizung in dem Teil, wo die Kerle gefangen sind, abgestellt. Das sollte sie fügsam machen, genau wie die Jungs auf dem Dach."

„Klingt, als hätten sie eine lange, kalte Wartezeit vor sich!" Er lacht, als er auflegt. Auch ich muss lächeln.

Nachdem er sein Handy zurück in die Tasche gesteckt hat, schaut er zu mir herunter und sein Grinsen wird schief. „Wie wäre es, wenn wir unsere Wartezeit etwas heißer machen?"

Ich habe das noch nie getan. Ich muss meine Unsicherheit wegschieben, ... aber ich will es so gern. Und die Tatsache, dass er es auch will, macht mich mutiger. „Wenn ... sie wirklich nicht hineinkommen können ..."

Er streicht mein Haar zurück. „Sie können wirklich nicht hineinkommen."

Ich lächele sanft. „Okay." *Dann blende die Welt für mich aus.*

Diesmal ist sein Kuss sanfter, verweilend, verspielt, er lässt mich ihn jagen. Diese Verspieltheit beruhigt meine Nerven. Ich kichere – und dann bringt er mich mit seinem Mund zum Schweigen.

Meine Hände beginnen, seinen Rücken zu erforschen. Sie lernen, wie er sich unter meinen Fingerspitzen spannt und dehnt, seine sanfte Haut, die glatten Narben. Ich frage mich, wie viele Gefechte er überlebt hat, wenn es für ihn so normal ist, von einer Kugel gestreift zu werden. Es ist überwältigend.

Seine Finger sind damit beschäftigt, meine Bluse aufzuknöpfen, während sein Mund sich über den meinen hermacht. Ich will das. Ich will seine großen, rauen Hände auf meiner Haut spüren – und als ich aus meiner Bluse schlüpfe und genau das spüre, stöhne ich vor Verlangen auf.

Seine Hände gleiten meinen Rücken hoch und runter, über meine Seiten, meine Arme, meinen Bauch ... und dann hoch, um meine Brüste zu umschließen. Er knetet sie sanft durch den Stoff meines BHs, und ich lehne mich gegen ihn, dann hebt er die Cups an und schiebt seine Hände hinein.

Das Gefühl seiner Fingerspitzen auf meinen Brustwarzen schmerzt nahezu, eine Welle von Eindrücken überlastet meine Nerven, ich wimmere und beiße mir auf die Lippe. Er reibt sich an meiner Wange und knabbert dann von meinem Kiefer zu meinem Kinn, bis er mir einen weiteren Kuss gibt.

Jede Berührung seiner Finger auf meiner sensiblen Haut lässt meine Muskeln sich anspannen. Ich zittere, presse meine Knie zusammen, und meine Vagina pulsiert. Dann gleiten seine Hände hinter mich und öffnen meinen BH, er lässt die Träger von meinen Schultern gleiten, und ich winde mich, um den BH ganz abzubekommen. Ich kämpfe gegen den Impuls an, meine Brüste zu bedecken, doch jetzt bin ich entschlossen. Ich will mehr.

Seine Augen leuchten auf, als die kühle Luft meine Brüste berührt und meine Brustwarzen fast schon schmerzhaft hart werden unter seinem Blick. Ich war schon immer unsicher wegen meines Körpers, doch die Gier, mit der er mich anschaut, hilft ... sehr. Und doch bin ich nicht ganz darauf vorbereitet, was als nächstes passiert.

Er hebt mich hoch, seine Arme um meine Taille, und beginnt, meine Brust mit Küssen zu bedecken – zwischen und unter den Brüsten und dann auf ihnen. Er ächzt etwas, als mein Oberschenkel seine Wunde berührt, doch eine kleine Änderung der Position genügt, um dies zu verhindern, sodass er gleich wieder mit dem weitermachen kann, was er vorhin gemacht hat.

Ich grabe meine Fingernägel in seine Schultern und schreie kurz auf als ich spüre, wie seine Zunge mit meiner Brustwarze spielt. Sein Mund schließt sich über sie, und ein langes, warmes Ziehen lässt meine Stimme zu einem lauten Schrei anschwellen.

Ich winde mich, unsicher, ob ich mich entziehen oder noch näher an ihn drücken soll, meine Nerven sind überfordert mit den neuen Eindrücken. Er presst mich gegen die Wand, hält mich dort, sein Gesicht in meinen Brüsten, während er gierig an meinen Brustwarzen saugt, leckt und knabbert. Meine Stimme ist außer Kontrolle, ich höre mein Echo von den Wänden widerschallen, meine Schreie werden verzweifelter mit der Zeit.

Hör nicht auf ...

Er stöhnt gegen meine Brüste, seine Finger graben sich in meinen Po während er mich hochhält. Mein Rock ist über meine Hüften hochgerutscht, wodurch nur noch meine Wollstrumpfhose zwischen meinem Fleisch und seinen Händen ist. Er beginnt, meinen Hintern zu kneten während er mich gegen die Wand drückt, seine Oberschenkel und Schultern halten mein Gewicht als wäre es gar nichts.

Ich hänge stöhnend an ihm, und dann steigt meine Stimme wieder scharf an, als er beginnt, an meiner anderen Brust zu saugen. Seine Hände kneten mich fest, das Verlangen in mir verdichtet sich zu einem Knoten tief in meiner Vagina. Das Gefühl macht mich schwindelig und betrunken – ich brauche mehr davon, auch wenn das, was ich gerade empfinde, mich schon ganz wild macht.

Er verändert seinen Griff und trägt mich dann ohne jede Anstrengung zu seinem gigantischen Bett. Mein Kopf ist ganz durcheinander, die kurze Unterbrechung erleichtert und enttäuscht mich zugleich. Mein Atem geht in kurzen, heftigen Zügen als er mich auf der breiten Matratze absetzt. Ich drücke mich gegen die Samtlaken und greife bettelnd nach ihm.

Er bleibt außer meiner Reichweite stehen und

zieht langsam seine Kleidung aus. Seine Bewegungen sind fast meditativ, abgesehen von der brennenden Glut in seinen Augen – und der enormen Beule in seinem Schritt, von der ich den Blick kaum abwenden kann.

Seine Beine sind so muskulös wie der Rest seines Körpers, hier und da mit verblassten Narben versehen. Als er seine Hose öffnet, sie zusammen mit seinen Boxershorts herunterzieht und nach vorne tritt, schwingt sein glatter, unbeschnittener Schwanz frei und ich greife gierig danach.

Die Haut ist seidig und ich lasse meine Finger darüber gleiten. Er versteift sich und schnappt nach Luft. Ich beginne ihn zu streicheln, nun neugierig darüber, wie ihn selbst eine sanfte Berührung zum Zittern bringen kann. Er stöhnt leise und schiebt meine Hände vorsichtig weg.

„Du zuerst", presst er mit rauer Stimme hervor und beugt sich vor, um meinen Rock auszuziehen.

Die Art, wie er meine Strumpfhose herunterrollt und meinen Rock beiseitelegt, ist fast schon andächtig ... und dann schiebt er meine Oberschenkel auseinander und gleitet an ihnen hinauf, indem er sie auf eine Weise mit seinem Mund streift, die mich die Zehen zusammenkrallen lässt.

Sein warmer Atem streicht über meinen Venushügel, dann lässt er seine langen Finger zwischen meine

Schamlippen gleiten und langsam alles erforschen. Ich jaule leise auf und hebe meine Hüften – und er überrascht mich komplett, indem er den Kopf senkt und meine Vulva sanft küsst.

Seine Zunge gleitet zwischen meine Schamlippen und beginnt, hoch und runter zu wandern, dabei erforscht sie jede Falte ... und dann bewegt sie sich Stück für Stück nach oben. Ich reiße die Augen auf, als ich fühle, dass seine Küsse sich immer mehr meiner verlangenden, vernachlässigten Klitoris nähern – und dann macht er einen Satz und beginnt, mit seiner Zunge fest über und um sie herum zu lecken.

Mein Kopf fällt nach hinten und ich wimmere. Ich greife nach den Laken, drücke mich auf meinen Fersen nach oben und rolle meine Hüften gegen sein Gesicht. Er genießt mich, die langen, wirbelnden Bewegungen seiner Zunge werden fester und schneller mit der Zeit, bis ich spüre, dass sich die Muskeln meiner Vagina zusammenziehen.

Alles geht in Flammen auf – Ekstase schießt durch meinen Körper, explodiert in Wellen durch mich, ich schreie und zucke, doch er hält mich fest. Es fühlt sich so gut an, dass ich fast für einen Moment die Sinne verliere, weggetragen auf einer Welle der Lust. Und er leckt mich immer noch gnadenlos weiter, bis zu dem Punkt, dass ich kollabiere und merke, wie er auf der Matratze über mich steigt.

Er nimmt meine Hüften, schiebt meine Knie hoch und auseinander und kniet über mir. Sein gewaltiges Gewicht bringt die Federn zum Quietschen. Ich spüre das Drücken seines Schwanzes gegen mich – und dann gleitet er in meine pulsierende, verlangende Nässe. Ausgefüllt zu werden löst Nachbeben in meinem Körper aus, was nur noch intensiver wird als er stöhnt und zu stoßen beginnt.

Ich wimmere und klammere mich an ihn, während er so hart in mich stößt, dass ich tief in die Matratze gedrückt werde. Er schreit vor Genuss, jedes Mal, wenn er in mich sinkt, seine Stimme ist tief und rau. Ich stöhne und greife nach ihm, mein Körper kribbelt bei jedem Stoß vor Lust.

Er ist unermüdlich, wild, seine Stimme klingt rau in meinen Ohren, während er endlos in mich stößt. Ich werde gleich wieder explodieren.

Ich beginne, mich unter ihm zu winden, und drücke meine Hüften hoch, um ihn zu empfangen. Er zieht die Luft durch die Zähne ein und stößt härter zu. Ich schaue zu ihm auf, sein Rücken ist durchgedrückt, Kopf zurückgeworfen, jeder Muskel angespannt. Dann schießt sein Schwanz in mich – und die plötzliche Bewegung lässt mich explodieren.

Diesmal zucke ich stumm, meine Muskeln ziehen sich um seinen Schaft zusammen – der in mir zuckt und zittert, während er keucht und vor Vergnügen schreit. Wir ziehen einander so nah heran, als versuchten wir eins zu werden ... und entspannen uns dann, während wir leicht nach Luft schnappen.

Er bricht über mir zusammen, komplett ausgelaugt. Ein leises Stöhnen entflieht ihm mit jedem Atemzug und er zittert, wenn ich mit meinen Händen seinen Rücken rauf und runter fahre. In mir verkleinert sich sein Schwanz, und während wir beide zu Atem kommen, muss ich lächeln.

Das war eindeutig das Risiko wert, denke ich, und streichele ihm das Haar während er döst. Ich genieße, wie sein warmes Gewicht mich in die Matratze drückt.

Wir dösen beide eine Weile lang weg, bevor ich davon aufwache, dass er uns zudeckt. Er gähnt in mein Ohr, kuschelt sich hinter mich und legt einen Arm über mich. „Schlaf ein bisschen", schnurrt er in mein Ohr, „ich bin definitiv noch nicht fertig mit dir."

Ich lächele und murmele verschlafen: „Das sind die besten Nachrichten des Tages."

12

Drake

Es sollte sechs Stunden dauern, bis der Sturm nachließ und die Straßen ausreichend geräumt waren, damit die Polizei kommen und die halb erfrorenen Schläger einsammeln konnte. Marcone selbst ist untergetaucht – auf der Straße heißt es, dass Yoshida nun auch hinter ihm her ist.

Daher haben meine süße, kleine Robin und ich die Adressliste der Safehouses an beide geleaked.

Zwei Wochen sind vergangen, und er hält sich immer noch versteckt. Wir haben gewettet, wer ihn zuerst finden wird. Ich sage, die Polizei. Sie sagt, Yoshida. Wir werden sehen, wer gewinnt – der Verlierer wird mit verbundenen Augen an ein Bett gefesselt. Was eine andere Art des Gewinnens ist, aber wir wollen es dem Zufall überlassen.

Anders als das Schicksal der 20.000 und der obdachlosen Mieter, die einst ihre Nachbarn waren. Ich habe Robin dabei geholfen, zusammen mit meinem Team. Je mehr wir geschafft bekommen, desto mehr Freizeit hat sie – für mich.

Es ist Mitternacht und wir sind wieder im Bett, nach einem langen Tag des Menschenrettens mit meinem Geld. Die Kratzer ihrer Fingernägel sind immer noch auf meinem Rücken, und sie ist eine warme, weiche, schläfrige Kugel, die sich an meiner Brust zusammengerollt hat. Ich vergrabe meine Nase in ihrem Haar und lausche ihrem leisen Atem.

Ich war noch nie so zufrieden in meinem Leben.

Seit unserer ersten gemeinsamen Nacht hatte ich keine Albträume mehr. Der Junge in dem Gefängnishof ist endlich erwachsen geworden, und irgendetwas in meinem Kopf ist endlich zu dem Schluss gekommen, dass ich von jenem Ort frei bin. Nun kann mein Herz endlich weiterziehen, so wie es mein restliches Leben bereits getan hat.

Hin und wieder hat jedoch Robin noch Albträume und weint leise im Schlaf. Sie hat mir von der Kiste erzählt, in der sie schlief, von den Männern in ihrer Straße, und wie einsam sie sich damals fühlte. Ich habe beschlossen, alles dafür zu tun, damit sie sich nie wieder so fühlen muss.

Es ist so merkwürdig, dass wir die Plätze im Leben

getauscht haben: Sie, die Erbin, die zur Diebin wurde, und ich, der Dieb, der zum reichen Mann wurde. Und trotzdem funktionieren wir irgendwie zusammen.

Wir haben eine Menge zu tun. Wir müssen Menschen retten – und uns bei Menschen rächen. Ich plane bereits, ihrem Onkel einige Probleme zu bereiten, der ihr mehrere nervöse, unbeantwortete Nachrichten geschickt hat, seit die ersten Paparazzi-Fotos von uns beiden im Umlauf sind.

Er muss mich erkannt haben. Und er muss wissen, dass Robin in mir einen weitaus mächtigeren Alliierten hat als er es sich jemals hat vorstellen können. Das ist ein großes Problem für ihn.

Ich frage mich, wie er schläft. Wahrscheinlich nicht sonderlich gut.

Ich lehne mich zurück und schließe meine Augen, als plötzlich das Telefon neben mir auf dem Bett piepst. Ich greife danach, Robin wacht auf.

Es ist eine Nachricht von John. Während sie sich räkelt und zu mir rollt, um sich an meinen Körper zu schmiegen, lese ich die Nachricht und grinse.

Marcone hat sich der Polizei gestellt, nachdem er eine ... Forderung ... von Yoshida bezüglich der Rückgabe dessen verschwundener Bitcoins erhalten hat. Sie wurde anscheinend per Post an eins seiner Safehouses geschickt. Er bittet um Schutz.

Ich muss lachen, Robin gähnt und drückt sich an

mich, dann blinzelt sie mich neugierig an. „Was ist los?"

„Du wirst es nicht glauben, aber ..." Ich zeige ihr die Nachricht. „Sieht aus, als wäre unsere kleine Wette unentschieden ausgegangen!"

Sie kratzt sich hinterm Ohr, ihr smaragdfarbenes Haar ist vom Schlafen verwuschelt. Ich gewöhne mich daran, auch wenn ich nicht glaube, dass ich in absehbarer Zeit den Meerjungfrauenlook ausprobieren werde.

Sie beginnt zu kichern während sie liest. „Wenn es unentschieden ist, wer wird dann angebunden?"

Ich grummele zufrieden und kuschele mich an ihre Wange, dann lege ich mich auf den Rücken und ziehe ihren zierlichen Körper auf mich. „Wir werden uns abwechseln müssen."

Die Welt dort draußen ist kalt, das wissen wir beide aus erster Hand. Aber wir machen uns beide unsere eigene Wärme. Ich hasse es immer noch, bestohlen zu werden – aber wenn ich dafür Robin bekomme, dann kann sie so viel von mir nehmen, wie sie will.

Ende

©Copyright 2021 Michelle L. Verlag - Alle Rechte vorbehalten.
Das Werk, einschließlich aller seiner Teile, ist urheberrechtlich geschützt. Jede Verwertung ist ohne Zustimmung des Verlages und des Autors unzulässig. Dies gilt insbesondere für die elektronische oder sonstige Vervielfältigung. Alle Rechte vorbehalten.
Der Autor behält alle Rechte, die nicht an den Verlag übertragen wurden.

❦ Erstellt mit Vellum

www.ingramcontent.com/pod-product-compliance
Lightning Source LLC
LaVergne TN
LVHW011712060526
838200LV00051B/2877